普天之下・盡是好書
普天出版家族
Popular Press Family
凌雲
A Plus Creative Company
文創

狂人日記

魯迅短篇小說

精華典藏版

魯迅　著

魯迅，中國近百年小說發展史上最偉大的文學巨匠，
也是享譽國際的偉大作家，他的作品無論在藝術或思想上，
都有著深遠的影響力和穿透力；《狂人日記》是他的成名代表作之一，
呈現了混亂時代的脈動，反映出病態社會的悲哀，人性的善良與醜惡，
書中以隱喻的筆調揭露「禮教吃人」的猙獰面目，
譏諷那些衛道的偽君子「話中全是毒，笑中全是刀」。

A Madman's Diary

【名家推薦】

魯迅是中國的現代著名作家，新文化運動的領導人之一，現代文學的奠基人和開山巨擘，在西方世界享有盛譽的中國近代文學家、思想家。作品包括雜文、短篇小說、評論、散文、翻譯作品，對於五四運動後的中國文學有著深刻的影響。蜚聲世界文壇，尤其在韓國、日本思想文化領域有極為崇高的地位和影響，被譽為「二十世紀東亞文化地圖上占最大領土的作家」。

• 魯迅是二十世紀亞洲最偉大作家。

——日本作家大江健三郎

• 魯迅是中國二十世紀無人可及，也無法逾越的作家。

——德國漢學家顧彬

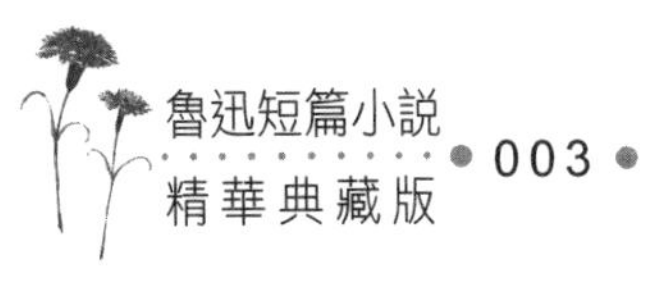

• 魯迅是個自由主義者，絕不會為外力所屈服，魯迅是我們的人。

——名思想家胡適

• 魯迅立志用小說改變人們愚弱的精神，用深刻的思想和完美的藝術形式，為五四新文學開路，他要以智慧的光輝照徹愚蠢的過去。

——名作家朱自清

• 魯迅的散文是惡辣，著名的「刀筆」，用於諷刺是很深刻有味的。沒有魯迅的辛辣鋒利性格，而要寫魯迅的諷刺深刻的文章，那是多麼令人作嘔。

——名作家梁實秋

• 他是這一時代的紀念碑，在文藝上，事事他關心，事事他有很高的成就。魯迅的精神就是不屈不撓，不自滿，不自餒。

——名作家老舍

• 如問中國自有新文學運動以來，誰最偉大？誰最能代表這個時代？

我將毫不躊躇地回答：是魯迅。魯迅的小說，比之中國幾千年來所有這方面的傑作，更高一步。

——名作家郁達夫

• 以十二年光陰成此許多作品，他的感想之豐富，觀察之深刻，意境之雋永，字句之正確，他人所苦思力索而不易得當的，他就很自然的寫出來，這是何等天才！何等學力！

——名教育家蔡元培

• 他垂老不變的青年的熱情，到死不屈的戰士精神，將和他深湛的著作永留人間。

——名作家巴金

• 在我的心目中，魯迅先生是一位卓越的「文體家」。在歐陸，尤其在法國，「文體家」是對文學家的最高尊稱。

——名作家木心

• 他是一位熱愛民族，並且為民族而戰鬥的作家，我想他是中國的「高爾基」。

——德國作家魯特．維爾納

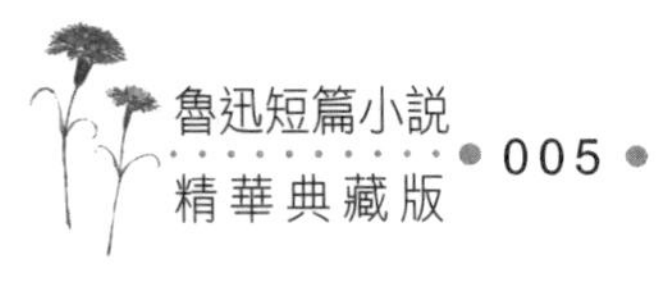

【出版序】

病態社會的醜陋與悲哀

●王　渡

在《阿Q正傳》中，魯迅則藉著卑微人物阿Q被侮辱、被損害、被出賣，道盡了世間眾生的真實面貌——宿命意識、失敗主義、欺善怕惡、假仁假義、犬儒性格……等。

中國近代文壇上，幾乎沒有一個作家像魯迅一樣，去世幾十年後不論人品與作品仍被推崇備至，甚至被譽爲「中華民族心靈的鏡子」。

魯迅（一八八一～一九三六），原名周樹人，浙江紹興人，是中國最早用西式新體寫小說的新文學舵手，也是備受推崇、享譽國際的偉大作家，堪稱中國近百年小說發展史上最偉大的文學巨匠，他的作品無論在藝術或思想上，都有著深遠的影響力和穿透力。

魯迅既是文筆簡潔凝練的文學家，也是雋永深刻的思想家，由於成長過程家道匹變，習慣「以冷若冰霜的眼睛，洞穿一切卑鄙的人間伎倆」。

魯迅出生於仕宦之家，祖父是前清進士，擔任過知縣、內閣中書等官職，外祖父也是舉人出身，父親則是會稽秀才，雖數度參加鄉試落榜，仍是名重一方的士紳。從魯迅自傳式的散文集《朝花夕拾》中可以得知，他的童年不愁生計，過得頗爲安逸快樂。

但是，一八九三年，魯迅的祖父因爲在浙江鄉試中爲親友疏通關節，而獲罪下獄七年。

家中遭逢劫難的這段期間，魯迅的父親又不幸罹患狂血病，家道驟然中落，必須靠著典當度日與治病，年幼的魯迅幾乎每天出入當舖和藥舖，遍嘗人世的勢利與現實。

他在短篇小說集《吶喊》的序文中寫道：「藥店的櫃檯正和我一樣高，質舖（當鋪）的則是比我高一倍，我從一倍高的櫃檯外送上去衣服或首飾，在侮蔑裡接了錢，再到一樣高的櫃檯上給我久病的父親去買藥，回家立刻煎藥服侍父親吃藥……」

《魯迅遠景》的作者日籍作家竹內石認為，正是這種惡劣的環境的磨練，使得魯迅在日後的文學生涯保持著「橫眉冷對千夫指」的硬骨頭精神。

魯迅受到父親身染絕症的影響，從新式學堂畢業後，立志遠赴日本學醫。一九〇二年，魯迅考取公費前赴日本留學，先入東京弘文書院修習日語，然後進入仙台醫學專門學校就讀。

後來，日俄戰爭爆發，日本軍方槍斃了充當俄國間諜的「支那奴」（中國奴才），並在各個學校廣為宣揚，軍國主義高張下，來自「支那」的魯迅也蒙受了異樣的歧視眼光，因而決心棄醫從文。

他在《藤野先生》裡回憶說：「從那一回後，我便覺得學醫並非一件要緊的事，凡是愚弱的國民，即使體格如何的健全，如何茁壯，也只能做到毫無意義的示衆材料和看客，病死多少是不必以為不幸的。所以，我們的第一要著，是改變他們的精神……」

後來，魯迅懷著滿腔熱血，立志用小說改變人們愚弱的精神，更用深刻的思想和完美的藝術形式，爲五四新文學開路；這也難怪名作家朱自清會推崇說，魯迅的憎正由於他的愛，他的冷嘲其實是熱諷，這是「理智的結晶」。

朱自清在評論魯迅及其作品時說，魯迅的創作是在五四前後所謂啓蒙時代，創作背景大部分是在清末民初的鄉村或小城市裡，一方面是因爲這些是他最熟悉的，另一方面也因爲那是一個重新估定價值的時代，他要以智慧的光輝照徹愚蠢的過去。

對於中國近代小說發展過程，評論家嚴家炎曾經做出極爲精妙的概括：「中國現代小說在魯迅手中開始，也在魯迅手中成熟。」

魯迅動手創作小說之前，曾閱讀過百多篇外國著名作品，創作內容則大多取材於「病態社會的不幸人們」，傳達他們痛苦的呼聲、苦悶失望掙

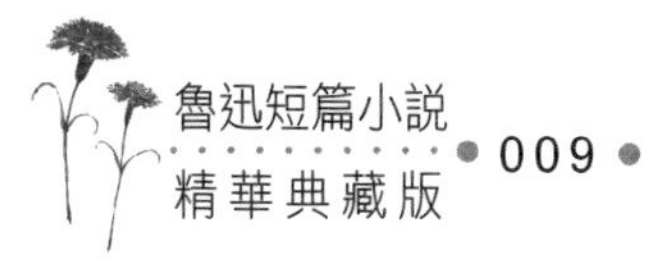

扎的情緒，發掘他們潛在堅韌的生命力；也因此，他的小說被譽為中國現代文學最偉大、最深刻的文學作品，鮮少有其他作家足以與魯迅的卓越成就相提並論。

魯迅挾著耀眼光芒登上文壇的第一篇小說是《狂人日記》，代表作則首推《阿Q正傳》。

在《狂人日記》中，魯迅揭露「禮教吃人」的猙獰面目，繼而譏諷那些衛道的僞君子「話中全是毒，笑中全是刀」。他以諷刺的筆調寫著：「我翻開歷史一查，這歷史沒有年代，歪歪斜斜的每一頁上寫著『仁義道德』幾個字……滿本都寫著兩個字是『吃人』！」

在《阿Q正傳》中，魯迅則藉著卑微人物阿Q被侮辱、被損害、被出賣，道盡了世間衆生的眞實面貌——宿命意識、失敗主義、欺善怕惡、假仁假義、犬儒性格……等。

阿Q堪稱是魯迅筆下最負盛名，也是最典型最深刻的諷刺角色，呈現了混亂時代的脈動，反映出病態社會的悲哀無奈，人性的善良與醜惡。

時至今日，「阿Q」已經成為一個專有名詞，用來形容自欺自大的精神勝利法，即使是不曾看過魯迅作品的人，也能明白所謂「阿Q精神」所代表的意義；由此不難想見《阿Q正傳》對整個華人世界的深遠而巨大影響。

魯迅的小說除了深澈冷雋的思想之外，筆下的人物往往讓人印象深刻，就像一座挖不盡的寶山，越讀越受感動。

這也難怪朱自清會說，魯迅的文章是現代文學裡百讀不厭的作品，裡頭的幽默是嚴肅的，不是油腔滑調的，更不只是為幽默而幽默，而是理智的結晶；讀魯迅的小說，每隔若干時候再讀一遍，相信都會再受感動，認識的層面會有更進一步的提昇。

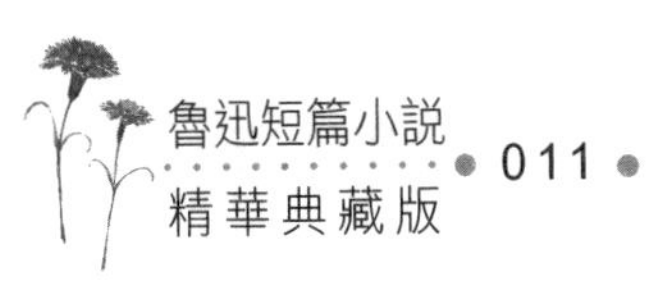

【推薦序】

他是這個時代的紀念碑

• 老舍

在文藝上，事事他關心，事事他有很高的成就。他以最大的力量，把感情、思想、文字，容納在一兩千字裡，像塊玲瓏的瘦石，而有手榴彈的作用。

我所認識的魯迅先生，是從他的著作中見到的，我沒有與他會過面。當魯迅先生創造出阿Q的時候，我還沒想到到文藝界來做一名小卒，所以就沒有訪問求教的機會與動機。

及至先生住滬，我又不喜到上海去，故又難得相見。

四年前的初秋，我到上海，朋友們約我吃飯，也約先生來談談。可是，先生的信須由一家書店轉遞；他第二天派人送來信，說：昨天的信送

到得太晚了。我匆匆北返，二年的工夫沒能再到上海，與先生見面的機會遂永遠失掉！

在一本什麼文學史中（書名與著者都想不起來了），有大意是這樣的一句話：「魯迅自成一家，後起摹擬者有老舍等人。」

這話說得對，也不對。

不對，因爲我是讀了些英國的文藝之後，才決定也來試試自己的筆，狄更斯是我在那時候最愛讀的，下至於烏德豪司與哲扣布也都使我欣喜。這就難怪我一拿筆，便向幽默這邊滑下來了。

對，因爲像阿Q那樣的作品，後起的作家們簡直沒法不受它的影響；即使在文學與思想上不便去摹仿，可是至少也要得到一些啓示與靈感。它的影響是普遍的。一個後起的作家，儘管說他有他自己的創作的路子，可是他良心上必定承認他欠魯迅先生一筆債。魯迅先生的短文與小說才眞使新文藝站住了腳，能與舊文藝對抗。

這樣，有人說我是「魯迅派」，我當然不願承認，可是絕不肯昧著良心否認阿Q的作者的偉大，與其作品的影響的普遍。

我沒見過魯迅先生，只能就著他的著作去認識他，可是現在手中連一本書也沒有，不能引證什麼了，憑他所給我的印象來作這篇紀念文字吧。這當然不會精密，容或還有很大的錯誤，可是一個人的著作能給讀者以極強極深的印象，即使其中有不盡妥確之處，是多麼不容易呢！

看了泰山的人，不一定就認識泰山，但是泰山的高偉是他畢生所不能忘記的，他所看錯的幾點，並無害於泰山的偉大。

看看魯迅全集的目錄，大概就沒人敢說：這不是個淵博的人。可是淵博二字還不是對魯迅先生的恰好的讚詞。

學問淵博並不見得必是幸福。有的人，正因其淵博，博覽群籍，出經入史，所以他反倒不敢道出自己的意見與主張，而取著述而不作的態度。這種人好像博物院的看守者，只能保守，而無所施展。

有的人，因爲對某種學問或藝術的精究博覽，就慢慢的擺出學者的架子，把自己所知的那些視爲研究的至上品，此外別無他物值得探討，自己的心得是前無古人，後無來者；假若他也喜創作的話，他必是從他所閱覽過的作品中，求字字句句有出處，有根據；他「作」而不「創」。他犧牲在研究中，而且犧牲得冤枉。

讓我們看看魯迅先生吧。

在文藝上，他博通古今中外，可是這些學問並沒把他嚇住。

他寫古文古詩寫得極好，可並不尊唐或崇漢，把自己放在某派某宗裡去，以自尊自限。

古體的東西他能作，新的文藝無論在理論上與實驗上，他又都站在最前面；他不以對舊物的探索而阻礙對新物的創造。他對什麼都有研究的趣味，而永遠不被任何東西迷住心。

他隨時研究，隨時判斷。他的判斷力使他無論對舊學問或新知識都敢

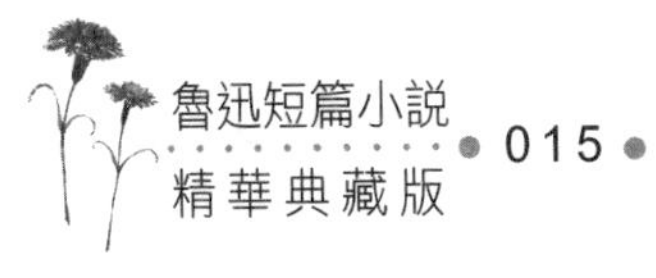

說話。他的話，不是學究的掉書袋，而是準確的指示給人們以繼續研討的道路。

學問比他更淵博的，以前有過，以後還有；像他這樣把一時代治學的方法都抓住，左右逢源的隨時隨事都立在領導的地位，恐怕一個世紀也難見到一兩位吧。

吸收了五四運動的「從新估價」的精神，他疑古反古，把每時代的東西還給每時代。

博覽了東西洋的文藝，他從事翻譯與創作。他疑古，他也首創，他能寫極好的古體詩文，也熱烈的擁護新文藝，並且牽引著它前進。

他是這一時代的紀念碑。在文藝上，事事他關心，事事他有很高的成就。天才比他小一點的，努力比他少一點的，只能循著一條路線前進，或精於古，或專於新；他卻像十字路口的警察，指揮著全部交通。

在某一點上，有人能突破他的紀錄，可是有誰敢和他比比「全能」比

賽呢！

也許有人會說：在文藝理論方面，魯迅先生只盡了介紹的責任，並未曾建設出他自己的有系統的學說；而且所介紹的也顯著雜亂不純。

假若這話是對的，就請想想看吧，批判別人的時候，不是往往忘卻別人的努力，而老嫌人家做得不夠嗎？

設若能看到這一點，我們不是應當看看自己，我們自己假如也把研究、創作、翻譯，同時並作，像魯迅先生那樣，我們的成績又能有多少呢？

我們就是對於一位聖人，也應不客氣的批評，可是我們也應當曉得批評不僅是發威，而是於批評中，取得被批評者的最良最崇高的精神，以自策自勵。

魯迅先生能於整理國故而外，去介紹，去翻譯，就已經是難能可貴的事。一個人的精力與天才永遠不能完全與他的志願與計劃相配合，人生最大的苦痛啊！只有明知這苦痛是越來越深，而殺上前去，以身殉志的，才是英雄。

魯迅先生的精神便是永遠不屈不撓，不自滿，不自餒。魯迅先生的精神能以不死，那就靠後起者也能死而後已的繼續努力。

抓住一位英雄的弱點以開心自慰，既無損於英雄，又無益於自己，何苦來呢！

還有人也許說，魯迅先生的後期著作，只是一些小品文，未免可惜，假若他能閉戶寫作，不問外面的事，也許能寫出比阿Q更偉大的東西，豈不更好？

是的，魯迅先生也許能那樣的寫出更偉大的作品。可是，那就不成其爲魯迅先生了。

希望魯迅先生去專心著作的人，雖然用著惋惜的語調，可是心中實在暗暗的不滿意！不滿意他因愛護青年，幫忙青年，而用去許多時間；不滿

意他因好管閒事而浪費了許多筆墨。

我不曉得假若魯迅先生關上屋門，立志寫偉大的作品，能夠有什麼貢獻；我不喜猜想。

我卻準知道魯迅先生的愛護青年與好管閒事是值得欽佩的事，他有顆純潔的心，能接近青年；他有奮鬥的怒火，去管閒事。

是的，先生的愛護青年，有時候近於溺愛了；可是佛連一個螞蟻也愛呢！

母親的偉大往往使她溺愛兒女；這只有母親自己曉得其中的意義，旁觀者只能表示惋惜與不滿，因爲旁觀者不是母親，也就代替不了母親，明白不了母親，自己不是母親，沒有慈心，覺得青年們都應該嚴加管束，把青年們管束得像羊羔一樣老實，長者才可逍遙自在的爲所欲爲。

衆長者計，這實在是不錯的辦法。可是，青年呢？

長者的聰明往往把「將來」帶到自己的棺材裡去，青年成了殉葬者。

魯迅先生不是這樣的長者，他寧可少寫些文章，而替青年們看稿子；他寧可少享受一些，而替青年們掏錢印書，他提拔青年，因爲他不肯只爲自己的不朽，而把青年們活埋了。這也許是很傻的事吧？可是最智慧的人似乎都有點傻氣。

至於愛管閒事，的確使魯迅先生得罪了不少的人。他的不留情的諷刺譏罵，實在使長者們難堪，因此也就要不得。

中國人不會憤怒，也不喜別人挂火，而魯迅先生卻是最會挂火的人。假若他活到今日，我想他必不會老老實實的住在上海，而必定用他的筆時時刺著那些不會怒，不肯犧牲的人們的心。

在長者們，也許暗中說句：「幸而那個傢伙死了。」可是，我們上哪裡去找另一個魯迅呢？

我們自慚；自慚假若沒有多少用處，讓我們在紀念魯迅先生的時候，挺起我們的胸來吧！

只寫了些小品文嗎？據我看，魯迅先生的最大成就便是小品文。我敢說，他的學問限制不了後起者的更進一步，他的小說也攔不住後起者的猛進直前。小品文，在五十年內恐怕沒有第二把手，來與他爭光。他會怒，越怒，文字越好。文字容易摹仿，怒火可是不易借來。

他的舊學問好，新知識廣博，他能由舊而新，隨手拾掇極精確的字與詞，得到驚人的效果。

你只能摘用他所用過的，而不易像他那樣把新舊的工具都搬來應用，用創造的能力把古今的距離縮短，而成爲他獨有的東西。

他長於古文古詩，又博覽東西的文藝，所以他會把最簡單的言語（中國話），調動得（極難調動）爲宕多姿，永遠新鮮，永遠清晰，永遠軟中透硬，永遠厲害而不粗鄙。

他以最大的力量，把感情、思想、文字，容納在一兩千字裡，像塊玲瓏的瘦石，而有手榴彈的作用。只寫了些短文麼？啊，這是前無古人，恐怕也是後無來者的文藝建設！

燃起我們的怒火吧，青年！以學識，以正義感，以最有力的文字，盡力於抗戰建國的事業吧！

在抗戰中紀念魯迅先生，我們必須有這個決心！

（載一九三八年十月十六日《抗戰文藝》第二卷第七期）

【推薦序】

你不能不愛他的思想

•巴 金

站在他面前，你覺得你接觸到一個光輝的人格，他的光芒照透了你的心，你的一切個人的打算都消失了。你不能不愛他，你不能不愛他的思想。

二十年前兩個秋天的夜裡，我站在上海萬國殯儀館禮堂中魯迅先生的靈前。半截玻璃的棺蓋下面現出他那清瘦的、慈和的面顏，銅棺的四周都是芳香沁鼻的鮮花，他彷彿酣睡在萬花中間，我望著他那緊閉的眼睛和緊閉的嘴唇，想著他對青年的熱愛，對人民的關切和對未來中國的期望，我的心很激動，我不相信他會死，我甚至疑心我在做夢，我對自己說：他會活起來。

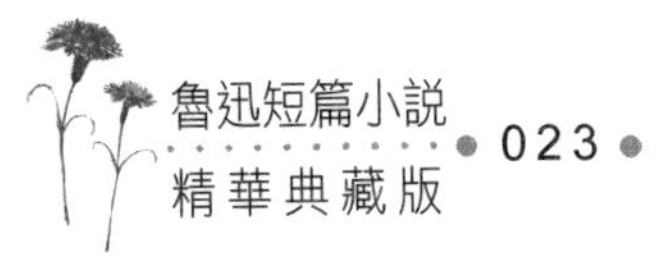

今天我還清清楚楚地記得那個情景，我仍然有這樣一種感覺：他不會死，他會活起來。

的確，他怎麼會死呢？二十年來，我每想到他，我就感到他那強烈的愛，我就看到他那親切的笑容，他給了我多少的勇氣，給了我多少的溫暖！

他那抽著煙含笑談話的姿態永遠不會在我眼前消去。

我同魯迅先生談不到私人的交誼，我只是他的一個讀者和學徒。我很早就愛讀他的小說，還帶著他的作品走過好些地方。

可是只有在他的最後三四年中間我才有機會跟他見面，而且我只有在他逝世那天到過他的家。

說來奇怪，我們見面的地方大都是上海的飯館和旅館。那個時候臨時到租界上大旅館定一個房間，叫餐廳把酒菜送上樓來，吃飯談話比較方便、安全，雜誌社有事情談談，也喜歡到南京飯店或新亞酒店開房間。

我第一次看見魯迅先生是在文學社的宴會上，那天到的客人不多，除魯迅先生外，還有茅盾先生、葉聖陶先生幾位。

茅盾先生我以前也沒有見過，我正在和他講話，飯館的白布門簾一動，魯迅先生進來了：瘦小的身材，濃黑的唇髭和眉毛……可是比我在照片上看見的面貌更和善，更慈祥。

這天他談話最多，而且談得很親切、很自然，一點也不囉唆，而且句子短，又很有風趣。他從文學雜誌的內容一直談到幫閒文人的醜態，和國民黨的愚蠢而醜惡的宣傳方法。

自然不是他一個人談話，關於每個題目，別的人也發表意見，不過大家高興聽他的意見。

後來談到林語堂。他說，他曾經寫信給林語堂，勸林翻譯點英國古典文學作品，林很不高興，回信說等自己老了，再幹這種事情。他覺得林寫那種論語式的文章實在可惜，他誠懇地希望林搞點比較有用的工作……

這個晚上我不知道看見多少次他的笑容。我離開他的時候我才注意到時間過得太快了。他給我的印象一直留到現在：這位「運筆如刀」的大作家竟然是一個多麼善良、多麼平易、多麼容易接近的瘦小的老人。我覺得我更貼近地挨到他那顆仁愛的心了。

以後我還在同樣性質的宴會上看見他一兩次：話說得少一點，但笑容還是有的，人還是那麼樸素，那麼親切，好像他裝了滿肚皮的好心好意，準備隨時把自己的一切分給接近他的人一樣。只有那對明亮的眼睛有時候會射出彷彿要看透人心的光芒。

一九三四年我去日本之前，十月初文學社的幾個朋友給我餞行，在南京飯店定了一個房間，菜是由餐廳送上來的。

魯迅先生那天也來了。他好像很高興。他對我談了些日本的風俗人情，也講了一兩個中國留學生在日本由於語言不通鬧過的笑話。

我聽人說過他要去日本休養，問他爲什麼不去，他笑笑，說：「將來再說吧。」

他後來對我說，到了那邊，文章也得多寫。我很感謝他的鼓勵。

飯後大家在房裡閒談，他談起他的幾個熟人被捕後的情形，好像也談到適夷同志在南京的消息，他現出很關心的樣子。談到國民黨特務活動的時候，他眼裡射出來憤怒的光。

第二年秋天我從日本回來，有一天黃源同志為了《譯文叢書》的事情在「南京飯店」請客，魯迅先生和許景宋夫人都來了。

他瘦了些，可是精神很好。他因為《譯文叢書》和他翻譯的《死魂靈》第一部就要在文化生活出版社刊行感到高興。

那時他正在計劃翻印A·珂庚的《死魂靈百圖》，我們談起果戈理的這部小說，我就說，聽說他要寫一部關於中國舊社會和舊知識分子的長篇小說，希望他早點動筆。他仰著頭，抽了一口煙，想了想，微微笑著說：「想做的事很多，總是做不完。」他還想寫中國文學史，還想翻譯法布爾的《昆蟲記》。

那個時候我正計劃編輯《文學叢刊》第一集，我對他說：「周先生，編一個集子給我吧。」

他想了想就點頭答應了。

過兩天他讓黃源同志通知我集子的名字和內容，說是還有三四篇文章沒有動筆寫，等寫好就給我送來。

這就是他的最後一個小說集子：歷史短篇集《故事新編》。那時《出關》剛寫成，他的身體又不大好，我預計他短期內不可能編好這個集子。哪曉得不久書店刊登廣告說是《文學叢刊》第一集十六冊在舊曆年前出齊，魯迅先生看見廣告就著急起來，他對黃源同志說，他不願意耽誤書店的出版計劃，他得趕寫，所以在一個月內就把幾個短篇全寫好，編好集子送來了。

幾個月後，我在一個宴會上又向魯迅先生要稿，我說我希望《文學叢刊》第四集裡有他的一本集子，他很爽快地答應了。

過了些時候他就託黃源同志帶了口信來，告訴我集子的名字：散文集《夜記》，不久他就病了，病好以後他陸續寫了些文章。

聽說他把〈半夏小集〉、〈這也是生活〉、〈死〉、〈女吊〉四篇文章放在一起，已經在做編《夜記》的準備了，可是病和突然的死打斷了他的工作。

他在十月十七日下午還去訪問過日本同志鹿地亘，十九日早晨就在寓所內逝世了。收在《文學叢刊》第四集中的《夜記》還是許景宋先生在魯迅先生逝世以後替他編成的一個集子。

每次我翻看這兩本小書，我就感覺到他對待人的誠懇和熱情，對待工作的認眞和負責，我彷彿又看到他那顆無所不包而愛憎分明的仁愛的心。我的心充滿了溫暖，同時它也受到了鞭撻。

我拿他做人的態度來衡量我自己的行爲，我不能不因良心的責備而感到痛苦。

我跟魯迅先生見面並不只有這幾次，談話也不只有這一些。可是我當時並不曾一一地記下來，現在也沒法在這裡重述了。其實關於他的言行，我聽見的也不少，像黃源同志和別的兩三位朋友都對我講了許多。

對於敵人他從來不妥協不寬恕，即使是跟熟人談話，倘使話不投機，他也會拂袖而去。然而對於朋友和青年他卻善良、親切、關心到了天眞的程度，他縱然上當一次，也並不減少他對新的青年的信任。

他的朋友們都知道他那個「義子」的故事，可是他仍然常常花費時間替一些不認識的青年人做種種事情，看稿、改稿、介紹稿子，甚至出錢替他們刊印作品。

例如《奴隸叢書》中《豐收》、《八月的鄉村》、《生死場》便是他出錢印的，他還爲它們寫了介紹性的《序言》。

他做起工作來，事無大小，他一樣地嚴肅對待，不論寫文章譯書，他選擇一個字都不肯馬虎。

他編印一本書，批格式、看校樣、設計封面，也都非常仔細。書印好分送朋友，連包紮也要自己動手，而且一點也不苟且。

他幫助過不少的人和不少的事業，好些小出版社都曾得過他的無私的幫助。譬如文化生活出版社，要是沒有他的幫助，就不會有以後的發展，他把幾部稿子交給文化生活出版社刊行，後來書店給他送版稅去，他總要推辭幾次才肯收下。

文化生活出版社答應替他經售《死魂靈百圖》的時候，他還先拿出七百元的印費讓文化生活出版社用來周轉。書銷完，書店把墊款還給他，他要在知道書店沒有困難之後才肯收下款子。

難道他跟文化生活出版社有特殊關係？完全沒有。他不過是在幫助他認爲是好的事業的發展罷了。

倘使以後他發覺他的看法錯了，他會跟它斷絕關係，但是他不在事先提防。就像我在前面說過的那樣，他即使上過了許多人的當，他還是充滿熱情地相信人……像這一類的事情在這裡是說不完的，而且也沒有多說的必要了。

「魯迅先生的確是一個偉大的人。」我每次看見他，我就忍不住要在心中說這樣的話。

他從來不對人說教，不板起臉教訓人，他只是關心人，他願意拿出自己的一切來幫助人，使人變好。站在他面前，你覺得你接觸到一個光輝的人格，他的光芒照透了你的心，你的一切個人的打算都消失了。

你不能不愛他，你不能不愛他的思想，你會因爲你是他的朋友、他的同志而感到幸福，你會極力把自己變好來使他高興……

我覺得魯迅先生就是這樣的一個人。我永遠不能忘記他。他的笑容對我永遠是鼓勵，也永遠是鞭撻。

一九五六年七月十三日

【附錄】

狂人日記

我翻開歷史一查，這歷史沒有年代，
歪歪斜斜的每頁上都寫著「仁義道德」幾個字。
我橫豎睡不著，仔細看了半夜，
才從字縫裡看出字來，
滿本都寫著兩個字是「吃人」！

某君昆仲，今隱其名，皆余昔日中學校時良友；分隔多年，消息漸闕。日前偶聞其一大病，適歸故鄉，迂道往訪，則僅晤一人，言病者其弟也；勞君遠道來視，然已早愈，赴某地候補矣。因大笑，出示日記二冊，謂可見當日病狀，不妨獻諸舊友。持歸閱一過，知所患蓋「迫害狂」之類。語頗錯雜無倫次，又多荒唐之言；亦不著月日，惟墨色字體不一，知非一時所書。間亦有略具聯絡者，今撮錄一篇，以供醫家研究。記中語誤，一字不易；惟人名雖皆村人，不為世間所知，無關大體，然亦悉易去。至於書名，則本人愈後所題，不復改也。

七年四月二日識

1.

今天晚上，很好的月光。

我不見他，已是三十多年，今天見了，精神分外爽快，才知道以前的三十多年，全是發昏；然而須十分小心，不然，那趙家的狗，何以看我兩眼呢？

我怕得有理。

2.

今天全沒月光，我知道不妙。早上小心出門，趙貴翁的眼色便怪，似乎怕我，似乎想害我。還有七八個人，交頭接耳的議論我，又怕我看見。一路上的人，都是如此；其中最凶的一個人，張著嘴，對我笑了一笑，我便從頭直冷到腳跟，曉得他們佈置都已妥當了。

我可不怕，仍舊走我的路。前面一伙小孩子，也在那裡議論我，眼色也同趙貴翁一樣，臉色也都鐵青。我想我同小孩子有什麼仇，他們也這樣，忍不住大聲說：「你告訴我！」他們可就跑了。

我想，我同趙貴翁有什麼仇？同路上的人又有什麼仇？只有廿年以前，把古久先生的陳年流水簿子踹了一腳，古久先生很不高興。趙貴翁雖然不認識他，一定也聽到風聲，代抱不平，約定路上的人，同我作冤對。但是小孩子呢？那時候，他們還沒有出世，何以今天也睜著怪眼睛，似乎怕我，似乎想害我？這真教我怕，教我納罕而且傷心。

我明白了，這是他們娘老子教的！

3.

晚上總是睡不著。凡事須得研究，才會明白。

他們，也有給知縣打枷過的，也有給紳士掌過嘴的，也有衙役佔了他妻子的，也有老子娘被債主逼死的；他們那時候的臉色，全沒有昨天這麼怕，也沒有這麼凶。

最奇怪的是昨天街上的那個女人，打她兒子，嘴裡說道：「老子

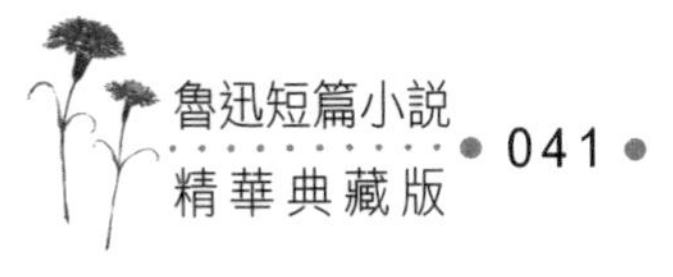

呀！我要咬你幾口才出氣！」她眼睛卻看看我。

我出了一驚，遮掩不住，那青面獠牙的一伙人，便都哄笑起來；陳老五趕上前，硬把我拖回家中了。

拖我回家，家裡的人都裝作不認識我，他們的眼色，也全同別人一樣。進了書房，便反扣上門，宛然是關了一隻雞鴨。這一件事，越教我猜不出底細。

前幾天，狼子村的佃戶來告荒，對我大哥說，他們村裡的一個大惡人，給大家打死了，幾個人便挖出他的心肝來，用油煎炒了吃，可以壯壯膽子。我插了一句嘴，佃戶和大哥便都看我幾眼。今天才曉得他們的眼光，全同外面的那伙人一模一樣。

想起來，我從頂上直冷到腳跟。

他們會吃人，就未必不會吃我。

你看那女人「咬你幾口」的話，和一伙青面獠牙人的笑，和前天佃戶的話，明明是暗號。我看出她話中全是毒，笑中全是刀，他們的牙齒，全是白厲厲的排著，這就是吃人的傢伙。

照我自己想，雖然不是惡人，自從踹了古家的簿子，可就難說了。他們似乎別有心思，我全猜不出，況且他們一翻臉，便說人是惡人。

我還記得大哥教我做論，無論怎樣好人，翻他幾句，他便打上幾個圈；原諒壞人幾句，他便說「翻天妙手，與眾不同」。我哪裡猜得到他們的心思究竟怎樣，況且是要吃的時候。

凡事總須研究，才會明白。古來時常吃人，我也還記得，可是不甚清楚。我翻開歷史一查，這歷史沒有年代，歪歪斜斜的每頁上都寫著「仁義道德」幾個字。我橫豎睡不著，仔細看了半夜，才從字縫裡看出字來，滿本都寫著兩個字是「吃人」！

書上寫著這許多字，佃戶說了這許多話，卻都笑吟吟的睜著怪眼睛看我。我也是人，他們想要吃我了！

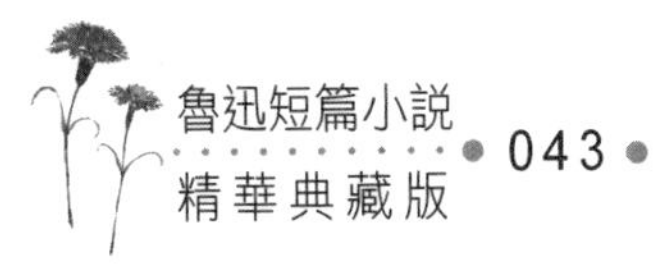

4.

早上，我靜坐了一會。陳老五送進飯來，一碗菜，一碗蒸魚；這魚的眼睛白而且硬，張著嘴，同那一伙想吃人的人一樣。吃了幾筷，滑溜溜的不知是魚是人，便把他兜肚連腸的吐出。

我說：「老五，對大哥說，我悶得慌，想到園裡走走。」

老五不答應，走了，停一會，可就來開了門。

我也不動，研究他們如何擺佈我，知道他們一定不肯放鬆。果然！我大哥引了一個老頭子，慢慢走來；他滿眼凶光，怕我看出，只是低頭向著地，從眼鏡橫邊暗暗看我。

大哥說：「今天你彷彿很好。」

我說：「是的。」

大哥說：「今天請何先生來，給你診一診。」

我說：「可以！」

其實，我豈不知道這老頭子是劊子手扮的，無非借了看脈這名目，揣一揣肥瘠，因這功勞，也分一片肉吃。我也不怕，雖然不吃人，膽子卻比他們還壯，伸出兩個拳頭，看他如何下手。

老頭子坐著，開了眼睛，摸了好一會，呆了好一會，便張開他的鬼眼睛說：「不要亂想。靜靜的養幾天，就好了。」

不要亂想，靜靜的養！養肥了，他們是自然可以多吃；我有什麼好處，怎麼會「好了」？他們這群人，又想吃人，又是鬼鬼祟祟，想法子遮掩，不敢直接下手，真要令我笑死。

我忍不住，便放聲大笑起來，十分快活。自己曉得這笑聲裡面，有的是義勇和正義。

老頭子和大哥，都失了色，被我這勇氣正氣鎮壓住了。

但是我有勇氣，他們便越想吃我，沾光一點這勇氣。老頭子跨出門，走不多遠，便低聲對大哥說道：「趕緊吃罷！」

大哥點點頭。

原來也有你！這一件大發現，雖似意外，也在意中——合伙吃我的人，便是我的哥哥！

吃人的是我哥哥！我是吃人的人的兄弟！

我自己被人吃了，可仍然是吃人的人的兄弟！

5.

這幾天退一步想，假使那老頭子不是劊子手扮的，眞是醫生，也仍然是吃人的人。他們的祖師李時珍做的「本草什麼」上，明明寫著人肉可以煎吃，他還能說自己不吃人嗎？

至於我家大哥，也毫不冤枉他。他對我講書的時候，親口說過可以「易子而食」；又一回偶然議論起一個不好的人，他便說不但該殺，還當

「食肉寢皮」。

我那時年紀還小，心跳了好半天。前天狼子村佃戶來說吃心肝的事，他也毫不奇怪，不住的點頭。可見心思是同從前一樣狠。

既然可以「易子而食」，便什麼都易得，什麼人都吃得。我從前單聽他講道理，也糊塗過去，現在曉得他講道理的時候，不但唇邊還抹著人油，而且心裡滿裝著吃人的意思。

6.

黑漆漆的，不知是日是夜。趙家的狗又叫起來了。

獅子似的凶心，兔子的怯弱，狐狸的狡猾……

7.

我曉得他們的方法，直接殺了，是不肯的，而且也不敢，怕有禍祟。

所以他們大家連絡，佈滿了羅網，逼我自戕。試看前幾天街上男女的樣子，和這幾天我大哥的作爲，便足可悟出八九分了。最好是解下腰帶，掛在樑上，自己緊緊勒死，他們沒有殺人的罪名，又償了心願，自然都歡天喜地的發出一種嗚嗚咽咽的笑聲。否則驚嚇憂愁死了，雖則略瘦，也還可以首肯幾下。

他們是只會吃死肉的！記得什麼書上說，有一種東西，叫「海乙那」的，眼光和樣子都很難看，時常吃死肉，連極大的骨頭，都細細嚼爛，嚥下肚子去，想起來也教人害怕。

「海乙那」是狼的親眷，狼是狗的本家。前天趙家的狗看我幾眼，可見牠也同謀，早已接洽。老頭子眼看著地，豈能瞞得過我？

最可憐的是我的大哥，他也是人，何以毫不害怕，而且合伙吃我呢？是歷來慣了，不以爲非呢？還是喪了良心，明知故犯呢？

我詛咒吃人的人，先從他起頭；要勸轉吃人的人，也先從他下手。

8.

其實這種道理，到了現在，他們也該早已懂得……

忽然來了一個人，年紀不過二十左右，相貌是不很看得清楚，滿面笑容，對了我點頭，他的笑也不像眞笑。

我便問他：「吃人的事，對嗎？」

他仍然笑著說：「不是荒年，怎麼會吃人？」

我立刻就曉得，他也是一伙，喜歡吃人的，便自勇氣百倍，偏要問他：「對嗎？」

「這等事問他什麼？你眞會……說笑話。……今天天氣很好。」

天氣是好，月色也很亮了。可是我要問你：「對嗎？」

他不以爲然了，含含糊糊的答道：「不……」

「不對？他們何以竟吃?!」

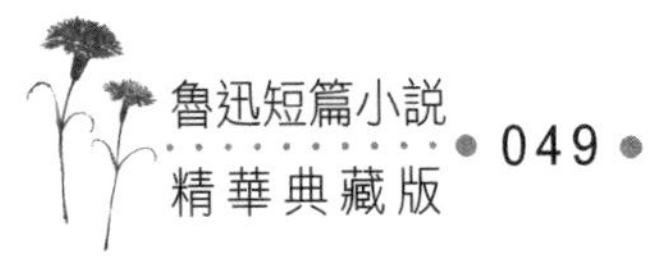

「沒有的事……」

「沒有的事？狼子村現吃，還有書上都寫著，通紅嶄新！」

他便變了臉，鐵一般青，睜著眼說：「有許多的，這是從來如此……」

「從來如此，便對嗎？」

「我不同你講這些道理，總之你不該說，你說便是你錯！」

我直跳起來，張開眼，這人便不見了，全身出了一大片汗。他的年紀，比我大哥小得遠，居然也是一伙；這一定是他娘老子先教的，還怕已經教給他兒子了，所以連小孩子，也都惡狠狠的看我。

9.

自己想吃人，又怕被別人吃了，都用著疑心極深的眼光，面面相覷……

去了這心思，放心做事走路吃飯睡覺，何等舒服？這只是一條門檻，一個關頭。他們可是父子兄弟夫婦朋友師生仇敵和各不相識的人，都結成

一伙，互相勸勉，互相牽掣，死也不肯跨過這一步。

10.

大清早，去尋我大哥，他立在堂門外看天，我便走到他背後，攔住門，格外沈靜、格外和氣的對他說：「大哥，我有話告訴你。」

「你說就是。」他趕緊回過臉來，點點頭。

「我只有幾句話，可是說不出來。大哥，大約當初野蠻的人，都吃過一點人。後來因爲心思不同，有的不吃人了，一味要好，便變了人，變了眞的人。有的卻還吃——也同蟲子一樣，有的變了魚鳥猴子，一直變到人。有的不要好，至今還是蟲子。這吃人的比不吃人的人，何等慚愧？怕比蟲子的慚愧猴子，還差得很遠很遠。

易牙蒸了他兒子，給桀紂吃，還是一直從前的事。誰曉得從盤古開闢天地以後，一直吃到易牙的兒子；從易牙的兒子，一直吃到徐錫林；從徐錫林，又一直吃到狼子村捉住的人。去年城裡殺了犯人，還有一個生癆病的人，用饅頭蘸血舐。

他們要吃我，你一個人，原也無法可想，然而又何必去入伙？吃人的人，什麼事做不出？他們會吃我，也會吃你，一伙裡面，也會自吃。但只要轉一步，只要立刻改了，也就人人太平。雖然從來如此，我們今天也可以格外要好，說是不能！大哥，我相信你能說，前天佃戶要減租，你說過不能。」

當初，他還只是冷笑，隨後眼光便凶狠起來，一到說破他們的隱情，那就滿臉都變成青色了。

大門外立著一伙人，趙貴翁和他的狗也在裡面，都探頭探腦的挨進來。有的是看不出面貌，似乎用布蒙著；有的是仍舊青面獠牙，抿著嘴笑。

我認識他們是一伙，都是吃人的人，可是也曉得他們心思很不一樣，

一種是以爲從來如此，應該吃的；一種是知道不該吃，可是仍然要吃，又怕別人說破他，所以聽了我的話，越發氣憤不過，可是抿著嘴冷笑。

這時候，大哥也忽然顯出凶相，高聲喝道：「都出去！瘋子有什麼好看！」

這時候，我又懂得一件他們的巧妙了。

他們豈但不肯改，而且早已佈置，預備下一個瘋子的名目罩上我。將來吃了，不但太平無事，怕還會有人見情。佃戶說的大家吃了一個惡人，正是這方法。這是他們的老譜！

陳老五也氣憤憤的直走進來。如何按得住我的口？我偏要對這伙人說：「你們可以改了，從眞心改起！要曉得將來容不得吃人的人活在世上。你們要不改，自己也會吃盡。即使生得多，也會給眞的人除滅了，同獵人打完狼子一樣！同蟲子一樣！」

那一伙人，都被陳老五趕走了，大哥也不知哪裡去了。陳老五勸我回

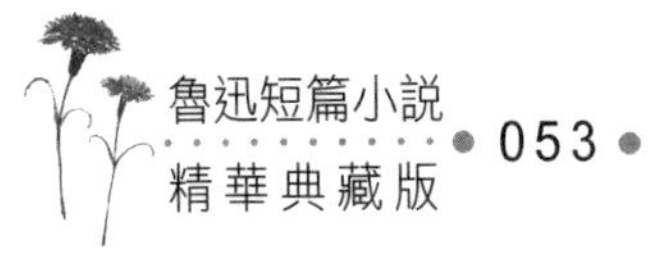

屋子裡去。屋裡面全是黑沉沉的，橫樑和椽子都在頭上發抖，抖了一會，就大起來，堆在我身上。

萬分沉重，動彈不得；他的意思是要我死。我曉得他的沉重是假的，便掙扎出來，出了一身汗。可是偏要說：「你們立刻改了，從眞心改起！你們要曉得將來是容不得吃人的人……」

11.

太陽也不出，門也不開，日日是兩頓飯。

我捏起筷子，便想起我大哥，曉得妹子死掉的緣故，也全在他。那時我妹子才五歲，可愛可憐的樣子還在眼前。母親哭個不住，他卻勸母親不要哭，大約因爲自己吃了，哭起來不免有點過意不去，如果還能過意不去……

妹子是被大哥吃了，母親知道沒有，我可不得而知。

母親想也知道，不過哭的時候，卻並沒有說明，大約也以爲應當的了。記得我四五歲時，坐在堂前乘涼，大哥說爺娘生病，做兒子的須割下一片肉來，煮熟了請他吃，才算好人；母親也沒有說不行。一片吃得，整個的自然也吃得。但是那天的哭法，現在想起來，實在還教人傷心，這眞是奇極的事！

不能想了。

12.

四千年來時時吃人的地方，今天才明白，我也在其中混了多年；大哥正管著家務，妹子恰恰死了，他未必不和在飯菜裡，暗暗給我們吃。

我未必無意之中，不吃了我妹子的幾片肉，現在也輪到我自己……

有了四千年吃人履歷的我，當初雖然不知道，現在明白，難見眞的人！

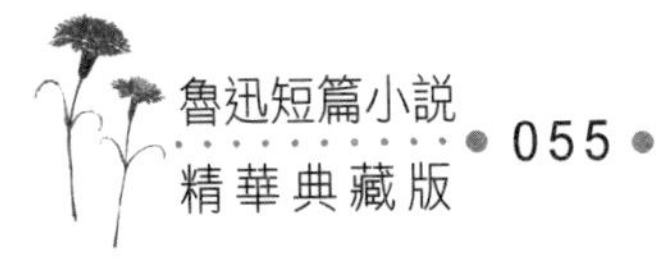

13.

沒有吃過人的孩子，或者還有？

救救孩子……

一九一八年四月

祝福

刺柴上掛著一只他的小鞋。
大家都說，完了，怕是遭了狼了。
再進去，果然，他躺在草窠裡，
肚裡的五臟已經都給吃空了，
可憐他手裡還緊緊的捏著那只小籃呢……

舊曆的年底畢竟最像年底，村鎮上不必說，就在天空中也顯出將到新年的氣象來。灰白色的沉重的晚雲中間時時發出閃光，接著一聲鈍響，是送灶的爆竹；近處燃放的可就更強烈了，震耳的大音還沒有息，空氣裡已經散滿了幽微的火葯香。

我正是在這一夜回到我的故鄉魯鎮的。雖說故鄉，然而已沒有家，所以只得暫寓在魯四老爺的宅子裡。他是我的本家，比我長一輩，應該稱之曰「四叔」，是一個講理學的老監生。

他比先前並沒有什麼大改變，單是老了些，但也還未留鬍子，一見面是寒暄，寒暄之後說我「胖了」，說我「胖了」之後即大罵新黨。但我知道，這並非借題在罵我，因爲他所罵的還是康有爲。但是，談話是總不投機的了，於是不多久，我便一個人剩在書房裡。

第二天我起得很遲，午飯之後，出去看了幾個本家和朋友；第三天也照樣。他們也都沒有什麼大改變，單是老了些，家中卻一律忙，都在準備

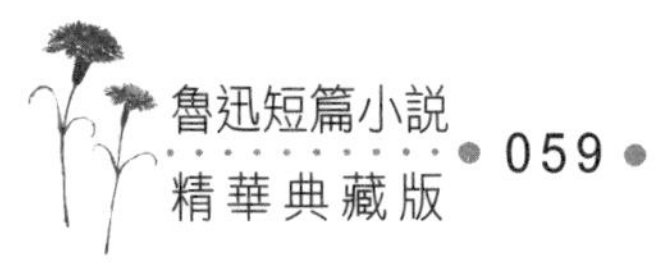

著「祝福」。這是魯鎮年終的大典，致敬盡禮，迎接福神，拜求來年一年中的好運氣的。殺雞、宰鵝、買豬肉，用心細細的洗，女人的臂膊都在水裡浸得通紅，有的還帶著絞絲銀鐲子。煮熟之後，橫七豎八的插些筷子在這類東西上，可就稱爲「福禮」了，五更天陳列起來，並且點上香燭，恭請福神們來享用；拜的卻只限於男人，拜完自然仍然是放爆竹。年年如此，家家如此——只要買得起福禮和爆竹之類的，今年自然也如此。

天色愈陰暗了，下午竟下起雪來，雪花大約有梅花那麼大，滿天飛舞，夾著煙靄和忙碌的氣色，將魯鎮亂成一團糟。

我回到四叔的書房裡時，瓦楞上已經雪白，房裡也映得較光明，極分明的顯出壁上掛著的朱拓的大「壽」字，陳摶老祖寫的；一邊的對聯已經脫落，鬆鬆的捲了放在長桌上，一邊的還在，道是「事理通達心氣和平」。我又無聊賴的到窗下的案頭去一翻，只見一堆似乎未必完全的《康熙字典》，一部《近思錄集注》和一部《四書襯》。

無論如何，我明天決計要走了。

況且，一想到昨天遇見祥林嫂的事，也就使我不能安住。

那是下午，我到鎮的東頭訪過一個朋友，走出來，就在河邊遇見她，而且見她瞪著的眼睛的視線，就知道明明是向我走來的。

我這回在魯鎮所見的人們中，改變之大，可以說無過於她的了。五年前的花白的頭髮，及今已經全白，全不像四十上下的人；臉上瘦削不堪，黃中帶黑，而且消盡了先前悲哀的神色，彷彿是木刻似的，只有那眼珠間或一輪，還可以表示她是一個活物。

她一手提著竹籃，內中一個破碗，空的一手掛著一枝比她更長的竹竿，下端開了裂，她分明已經純乎是一個乞丐了。

我就站住，預備她來討錢。

「你回來了？」她先這樣問。

「是的。」

「這正好。你是識字的，又是出門人，見識得多。我正要問你一件事……」她那沒有精采的眼睛忽然發光了。

我萬料不到她卻說出這樣的話來，詫異的站著。

「就是……」她走近兩步，放低了聲音，極秘密似的切切的說：「一個人死了之後，究竟有沒有魂靈？」

我很悚然，一見她的眼盯著我的，背上也就遭了芒刺一般，比在學校裡遇到不及預防的臨時考，教師又偏是站在身旁的時候，惶急得多了。對於魂靈的有無，我自己是向來毫不介意的，但在此刻，怎樣回答她好呢？我在極短期的躊躕中，想，這裡的人照例相信鬼，然而她卻疑惑了，或者不如說希望——希望有，又希望無。

人何必增添末路的人的苦惱，爲她起見，不如說有罷。

「也許有罷，我想。」我於是吞吞吐吐的說。

「那麼，也就有地獄了？」

「啊！地獄？」我很吃驚，只得支吾著：「地獄？……論理，就該也有。然而也未必，……誰來管這等事……」

「那麼，死掉的一家的人，都能見面的？」

「唉唉，見面不見面呢？……」這時我已知道自己也還是完全一個愚人，什麼躊躕，什麼計劃，都擋不住三句問。我即刻膽怯起來了，便想全翻過先前的話來，「那是，……實在，我說不清……其實，究竟有沒有魂靈，我也說不清。」

我乘她不再緊接的問，邁開步便走，匆匆的逃回四叔的家中，心裡很覺得不安逸。自己想，我這答話怕於她有些危險。她大約因爲在別人的祝福時候，感到自身的寂寞了，然而會不會含有別的什麼意思呢？或者是有了什麼預感了？倘有別的意思，又因此發生別的事，則我的答話委實該負若干的責任……

但隨後也就自笑，覺得偶爾的事，本沒有什麼深意義，而我偏要細細

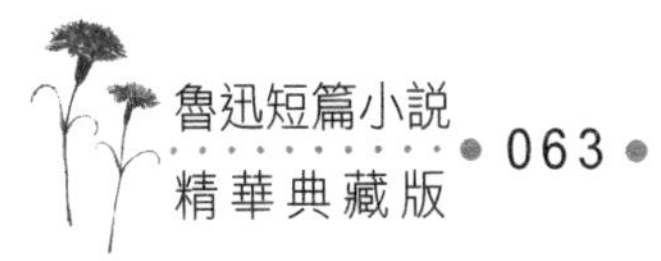

推敲，正無怪教育家要說是生著神經病；而況明明說過「說不清」，已經推翻了答話的全局，即使發生什麼事，於我也毫無關係了。

「說不清」是一句極有用的話。不更事的勇敢少年，往往敢於給人解決疑問、選定醫生，萬一結果不佳，大抵反成了怨府，然而一用這說不清來作結束，便事事逍遙自在了。我在這時，更感到這一句話的必要，即使和討飯的女人說話，也是萬不可省的。

但是我總覺得不安，過了一夜，也仍然時時記憶起來，彷彿懷著什麼不祥的預感。在陰沉的雪天裡，在無聊的書房裡，這不安愈加強烈了，不如走罷，明天進城去。福興樓的清燉魚翅，一元一大盤，價廉物美，現在不知增價了否？往日同遊的朋友，雖然已經雲散，然而魚翅是不可不吃的，即使只有我一個……無論如何，我明天決計要走了。

我因爲常見些但願不如所料、以爲未必竟如所料的事，卻每每恰如所料的起來，所以很恐怕這事也一律。果然，特別的情形開始了。傍晚，我

竟聽到有些人聚在內室裡談話，彷彿議論什麼事似的，但不一會，說話聲也就止了，只有四叔且走而且高聲的說：「不早不遲，偏偏要在這時候，這就可見是一個謬種！」

我先是詫異，接著是很不安，似乎這話於我有關係。試望門外，誰也沒有。好容易待到晚飯前他們的短工來沖茶，我才得了打聽消息的機會。

「剛才，四老爺和誰生氣呢？」我問。

「還不是和祥林嫂？」那短工簡潔的說。

「祥林嫂？怎麼了？」我又趕緊的問。

「死了。」

「死了？」我的心突然緊縮，幾乎跳起來，臉上大約也變了色。但他始終沒有抬頭，所以全然不覺。我也就鎮定了自己，接著問。

「什麼時候死的？」

「什麼時候？昨天夜裡，或者就是今天罷。我說不清。」

「怎麼死的？」

「怎麼死的？還不是窮死的？」他淡然的回答，仍然沒有抬頭向我看，出去了。

然而，我的驚惶卻不過暫時的事，隨著就覺得要來的事已經過去，並不必仰仗我自己的「說不清」和他之所謂「窮死的」的寬慰，心地已經漸漸輕鬆；不過偶然之間，還似乎有些負疚。

晚飯擺出來了，四叔儼然的陪著。我也還想打聽些關於祥林嫂的消息，但知道他雖然讀過「鬼神者二氣之良能也」，而忌諱仍然極多，當臨近祝福時候，是萬不可提起死亡疾病之類的話的，倘不得已，就該用一種替代的隱語，可惜我又不知道，因此屢次想問，而終於中止了。

我從他儼然的臉色上，又忽而疑他正以爲我不早不遲，偏要在這時候來打攪他，也是一個謬種，便立刻告訴他明天要離開魯鎮進城去，趁早放寬了他的心。他也不很留。這樣悶悶的吃完了一餐飯。

冬季日短，又是雪天，夜色早已籠罩了全市鎮。人們都在燈下匆忙，但窗外很寂靜。雪花落在積得厚厚的雪褥上面，聽去似乎瑟瑟有聲，使人更加感得沉寂。我獨坐在發出黃光的菜油燈下，想，這百無聊賴的祥林嫂，被人們棄在塵芥堆中的，看得厭倦了的陳舊的玩物，先前還將形骸露在塵芥裡，從活得有趣的人們看來，恐怕要怪訝她何以還要存在，現在總算被無常打掃得乾乾淨淨了。

魂靈的有無，我不知道，然而在現世，則無聊生者不生，暨使厭見者不見，爲人爲己，也還都不錯。我靜聽著窗外似乎瑟瑟作響的雪花聲，一面想，反而漸漸的舒暢起來。

然而先前所見所聞的她的半生事跡的斷片，至此也聯成一片了。

她不是魯鎮人。有一年的冬初，四叔家裡要換女工，做中人的衛老婆子帶她進來了，頭上紮著白頭繩，烏裙，藍夾襖，月白背心，年紀大約二十六七，臉色青黃，但兩頰都還是紅的。衛老婆子叫她祥林嫂，說是自己

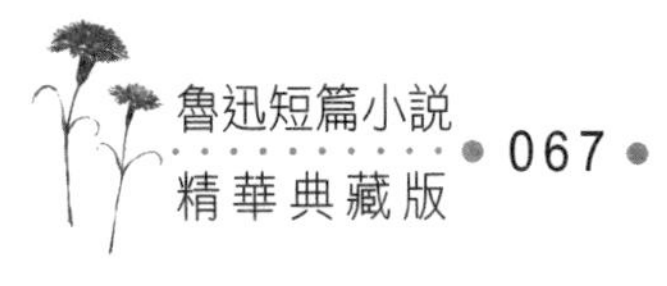

母家的鄰舍，死了當家人，所以出來做工了。

四叔皺了皺眉，四嬸已經知道了他的意思，是在討厭她是一個寡婦。但看她模樣還周正，手腳都壯大，又只是順著眼，不開一句口，很像一個安分耐勞的人，便不管四叔的皺眉，將她留下了。

試工期內，她整天的做，似乎閒著就無聊，又有力，簡直抵得過一個男子，所以第三天就定局，每月工錢五百文。

大家都叫她祥林嫂，沒問她姓什麼，但中人是衛家山人，既說是鄰居，那大概也就姓衛了。她不很愛說話，別人問了才回答，答的也不多。直到十幾天之後，這才陸續的知道她家裡還有嚴厲的婆婆，一個小叔子，十多歲，能打柴了；她是春天沒有了丈夫的，他本來也打柴爲生，比她小十歲。大家知道的就只是這一點。

日子很快的過去了，她的做工卻毫沒有懈，食物不論，力氣是不惜的。人們都說魯四老爺家裡僱著了女工，實在比勤快的男人還勤快。到年底，掃塵、洗地、殺雞、宰鵝、徹夜的煮福禮，全是一人擔當，竟沒有添短工。然而她反滿足，口角邊漸漸的有了笑影，臉上也白胖了。

新年才過，她從河邊淘米回來時，忽而失了色，說剛才遠遠地看見一個男人在對岸徘徊，很像夫家的堂伯，恐怕是正為尋她而來的。四嬸很驚疑，打聽底細，她又不說。四叔一知道，就皺一皺眉，道：

「這不好。恐怕她是逃出來的。」

她誠然是逃出來的，不多久，這推想就證實了。

此後大約十幾天，大家正已漸漸忘卻了先前的事，衛老婆子忽而帶了一個三十多歲的女人進來了，說那是祥林嫂的婆婆。那女人雖是山裡人模樣，然而應酬很從容，說話也能幹，寒暄之後，就賠罪說她特來叫她的兒媳回家去，因為開春事務忙，而家中只有老的和小的，人手不夠了。

「既是她的婆婆要她回去，那有什麼話可說呢？」四叔說。

於是算清了工錢，一共一千七百五十文，她全存在主人家，一文也還沒有用，便都交給她的婆婆。那女人又取了衣服，道過謝，出去了。其時已經是正午。

「啊呀，米呢？祥林嫂不是去淘米的嗎？」好一會，四嬸這才驚叫起來。她大約有些餓，記得午飯了。

於是大家分頭尋淘籮。她先到廚下，次到堂前，後到臥房，全不見淘籮的影子。四叔踱出門外，也不見，直到河邊，才見平平正正的放在岸上，旁邊還有一株菜。

看見的人報告說，河裡面上午就泊了一隻白篷船，篷是全蓋起來的，不知道什麼人在裡面，但事前也沒有人去理會他。待到祥林嫂出來淘米，剛剛要跪下去，那船裡面突然跳出兩個男人來，像是山裡人，一個抱住她，一個幫著，拖進船去了。祥林嫂還哭喊了幾聲，此後便再沒有什麼聲息，大約給用什麼堵住了罷。接著就走上兩個女人來，一個不認識，一個就是衛婆子。窺探艙裡，不很分明，她像是捆了躺在船板上。

「可惡！然而……」四叔說。

這一天是四嬸自己煮午飯，他們的兒子阿牛燒火。

午飯之後，衛老婆子又來了。

「可惡！」四叔說。

「妳是什麼意思？虧妳還會再來見我們。」四嬸洗著碗，一見面就憤憤的說：「妳自己薦她來，又合伙劫她去，鬧得沸反盈天的，大家看了成個什麼樣子？妳拿我們家裡開玩笑嗎？」

「啊呀啊呀，我眞上當。我這回，就是爲此特地來說說清楚的。她來求我薦地方，我哪裡料得到是瞞著她的婆婆的呢？對不起，四老爺、四太太。總是我老發昏不小心，對不起主顧，幸而府上是向來寬宏大量，不肯和小人計較的。這回我一定薦一個好的來折罪……」

「然而……」四叔說。

於是祥林嫂事件便告終結，不久也就忘卻了。

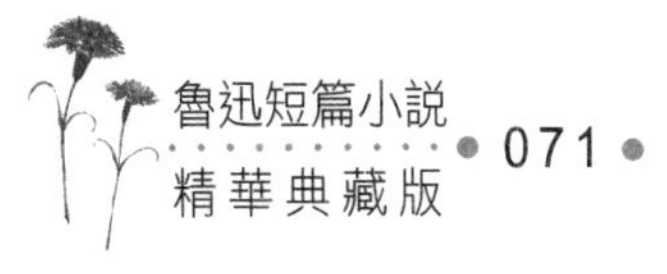

只有四嬸，因為後來僱用的女工，大抵非懶即饞，或者饞而且懶，左右不如意，所以也還提起祥林嫂。每當這些時候，她往往自言自語的說：「她現在不知道怎麼樣了？」意思是希望她再來。但到第二年的新正，她也就絕了望。

新正將盡，衛老婆子來拜年了，已經喝得醉醺醺的，自說因為回了一趟衛家山的娘家，住了幾天，所以來得遲了。她們問答之間，自然就談到祥林嫂。

「她嗎？」衛老婆子高興的說：「現在是交了好運了。她婆婆來抓她回去的時候，是早已許給了賀家墺的賀老六的，所以回家之後不幾天，也就裝在花轎裡抬去了。」

「啊呀，這樣的婆婆！」四嬸驚奇的說。

「啊呀，我的太太！妳眞是大戶人家的太太的話。我們山裡人，小戶人家，這算得什麼？她有小叔子，也得娶老婆。不嫁了她，哪有這一注錢來做聘禮？她的婆婆倒是精明強幹的女人呵，很有打算，所以就將她嫁到裡山去。倘許給本村人，財禮就不多，惟獨肯嫁進深山野墺裡去的女人少，所以她就到手了八十千。現在第二個兒子的媳婦也娶進了，財禮只花了五千，除去辦喜事的費用，還剩十多千。嚇，妳看，這多麼好打算！……」

「祥林嫂竟肯依？」

「這有什麼依不依？鬧是誰也總要鬧一鬧的，只要用繩子一捆，塞在花轎裡，抬到男家，捺上花冠，拜堂，關上房門，就完事了。可是祥林嫂眞出格，聽說那時實在鬧得厲害，大家還都說大約因爲在唸書人家做過事，所以與衆不同呢！太太，我們見得多了，回頭人出嫁，哭喊的也有，說要尋死覓活的也有，抬到男家鬧得拜不成天地的也有，連花燭都砸了的也有。祥林嫂可是異乎尋常，他們說她一路只是嚎、罵，抬到賀家墺，喉嚨已經全啞了。拉出轎來，兩個男人和她的小叔子使勁的擒住她，也還拜

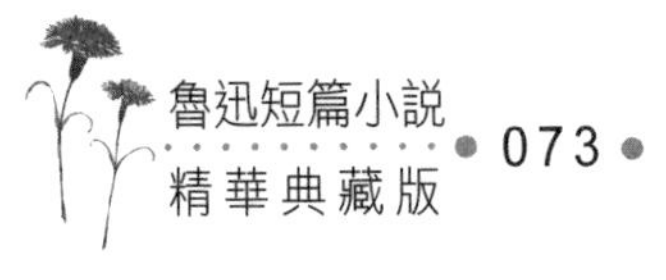

不成天地。他們一不小心，一鬆手，啊呀，阿彌陀佛，她就一頭撞在香案角上，頭上碰了一個大窟窿，鮮血直流，用了兩把香灰，包上兩塊紅布還止不住血呢！直到七手八腳的將她和男人反關在新房裡，還是罵，啊呀呀，這眞是……」她搖一搖頭，順下眼睛，不說了。

「後來怎麼樣呢？」四嬸還問。

「聽說第二天也沒有起來。」她抬起眼來說。

「後來呢？」

「後來？起來了。她到年底就生了一個孩子，男的，新年就兩歲了。我在娘家這幾天，就有人到賀家墺去，回來說看見他們娘兒倆，母親也胖，兒子也胖；上頭又沒有婆婆，男人所有的是力氣，會做活，房子是自家的。唉唉，她眞是交了好運了。」

從此之後，四嬸也就不再提起祥林嫂。

但有一年的秋季，大約是得到祥林嫂好運的消息之後又過了兩個新年，她竟又站在四叔家的堂前了。桌上放看一個荸薺式的圓盤，簷下一個小鋪蓋。她仍然頭上紮著白頭繩，烏裙，藍夾襖，月白背心，臉色青黃，只是兩頰上已經消失了血色，順著眼，眼角上帶些淚痕，眼光也沒有先前那樣精神了。

而且仍然是衛老婆子領著，顯出慈悲模樣，絮絮的對四嬸說：「……這實在是叫作叫『天有不測風雲』，她的男人是堅實人，誰知道年紀輕輕，就會斷送在傷寒上？本來已經好了的，吃了一碗冷飯，復發了。幸虧有兒子，她又能做，打柴摘茶養蠶都來得，本來還可以守著，誰知道那孩子又會給狼啣去的呢？春天快完了，村上倒反來了狼，誰料到？現在她只剩了一個光身了。大伯來收屋，又趕她，她眞是走投無路了，只好來求老主人。好在她現在已經再沒有什麼牽掛，太太家裡又湊巧要換人，所以我就領她來。我想，熟門熟路，比生手實在好得多……」

「我眞傻，眞的，」祥林嫂抬起她沒有神采的眼睛來，接著說，「我

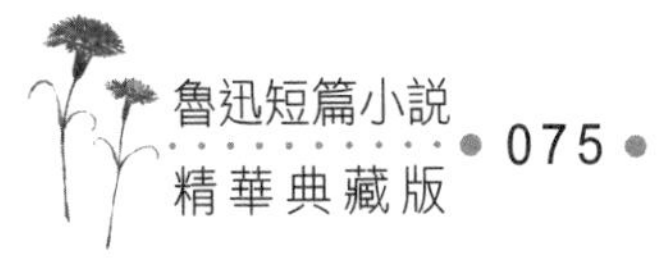

單知道下雪的時候野獸在山墺裡沒有食吃，會到村裡來，我不知道春天也會有。我一清早起來就開了門，拿小籃盛了一籃豆，叫我們的阿毛坐在門檻上剝豆去。他是很聽話的，我的話句句聽；他出去了，我就在屋後劈柴、淘米。米下了鍋，要蒸豆，我叫阿毛，沒有應。出去一看，只見豆撒得一地，沒有我們的阿毛了。他是不到別家去玩的，各處去一問，果然沒有。我急了，央人出去尋。直到下半天，尋來尋去尋到山墺裡，看見刺柴上掛著一隻他的小鞋。大家都說，糟了，怕是遭了狼了。再進去，他果然躺在草窠裡，肚裡的五臟已經都給吃空了，手上還緊緊的捏著那隻小籃呢。」她接著但是嗚咽，說不出成句的話來。

四嬸起初還躊躕，待到聽完她自己的話，眼圈就有些紅了。她想了一想，便教拿圓籃和鋪蓋到下房去。衛老婆子彷彿卸了一肩重擔似的吁一口氣；祥林嫂比初來時候神氣舒暢些，不待指引，自己馴熟的安放了鋪蓋。她從此又在魯鎮做女工了。

大家仍然叫她祥林嫂。然而這一回，她的境遇卻改變得非常大。上工之後的兩三天，主人們就覺得她手腳已沒有先前一樣靈活，記性也壞得多，死屍似的臉上又整日沒有笑影，四嬸的口氣上，已頗有些不滿了。

當她初到的時候，四叔雖然照例皺過眉，但鑑於向來僱用女工之難，也就並不大反對，只是暗暗地告誡四嬸說，這種人雖然似乎很可憐，但是敗壞風俗的，用她幫忙還可以，祭祀時候可用不著她沾手，一切飯菜只好自己做，否則不乾不淨，祖宗是不吃的。四叔家裡最重大的事件是祭祀，祥林嫂先前最忙的時候也就是祭祀，這回她卻清閒了。桌子放在堂中央，繫上桌幃，她還記得照舊的去分配酒杯和筷子。

「祥林嫂，妳放著罷！我來擺。」四嬸慌忙的說。

她訕訕的縮了手，又去取燭台。

「祥林嫂，妳放著罷！我來拿。」四嬸又慌忙的說。

她轉了幾個圓圈，終於沒有事情做，只得疑惑的走開。她在這一天可做的事不過坐在灶下燒火。

鎮上的人們也仍然叫她祥林嫂，但音調和先前很不同；也還和她講話，但笑容卻冷冷的了。她全不理會那些事，只是直著眼睛，和大家講她自己日夜不忘的故事。

「我眞傻，眞的，」她說：「我單知道雪天是野獸在深山裡沒有食吃，會到村裡來，我不知道春天也會有。我一大早起來就開了門，拿小籃盛了一籃豆，叫我們的阿毛坐在門檻上剝豆去。他是很聽話的孩子，我的話句句聽；他就出去了。我就在屋後劈柴、淘米，米下了鍋，打算蒸豆。我叫：『阿毛！』沒有應。出去一看，只見豆撒得滿地，沒有我們的阿毛了。各處去一問，都沒有。我急了，央人去尋去。直到下半天，幾個人尋到山坳裡，看見刺柴上掛著一隻他的小鞋。大家都說，完了，怕是遭了狼了。再進去，果然，他躺在草窠裡，肚裡的五臟已經都給吃空了，可憐他手裡還緊緊的捏著那只小籃呢……」她於是淌下眼淚來，聲音也嗚咽了。

這故事倒頗有效，男人聽到這裡，往往斂起笑容，沒趣的走了開去；女人們卻不獨寬恕了她似的，臉上立刻改換了鄙薄的神氣，還要陪出許多眼淚來。有些老女人沒有在街頭聽到她的話，便特意尋來，要聽她這一段悲慘的故事，直到她說到嗚咽，她們也就一齊流下那停在眼角上的眼淚，嘆息一番，滿足的去了，一面還紛紛的評論著。她就只是反覆的向人說她悲慘的故事，常常引住了三五個人來聽她。但不久，大家也都聽得純熟了，便是最慈悲的唸佛的老太太們，眼裡也再不見有一點淚的痕跡。後來全鎮的人們幾乎都能背誦她的話，一聽到就煩厭得頭痛。

「我真傻，真的。」她開首說。

「是的，妳是單知道雪天野獸在深山裡沒有食吃，才會到村裡來的。」他們立即打斷她的話，走開去了。

她張著口怔怔的站著，直著眼睛看他們，接著也就走了，似乎自己也覺得沒趣。但她還妄想，希圖從別的事，如小籃、豆、別人的孩子上，引出她的阿毛的故事來，倘一看見兩三歲的小孩子，她就說：「唉唉，我們的阿毛如果還在，也就這麼大了……」

孩子看見她的眼光就吃驚，牽著母親的大襟催她走。於是又只剩下她一個，終於沒趣的也走了。

後來大家又都知道了她的脾氣，只要有孩子在眼前，便似笑非笑的先問她，道：「祥林嫂，妳們的阿毛如果還在，不是也就這麼大了嗎？」

她未必知道她的悲哀經大家咀嚼賞鑑了許多天，早已成爲渣滓，只值得煩厭和唾棄，但從人們的笑影上，也彷彿覺得這又冷又尖，自己再沒有開口的必要了。她單是一瞥他們，並不回答一句話。

魯鎮永遠是過新年，臘月二十以後就忙起來了。四叔家裡這回須僱男短工，還是忙不過來，另叫柳媽做幫手，殺雞、宰鵝，然而柳媽是善女人，吃素，不殺生的，只肯洗器皿。

祥林嫂除燒火之外，沒有別的事，卻閒著了，坐著只看柳媽洗器皿，微雪點點的下來了。

「唉唉，我眞傻！」祥林嫂看了天空，歎息著，獨語似的說。

「祥林嫂，妳又來了。」柳媽不耐煩的看著她的臉，說：「我問妳，妳額角上的傷疤，不就是那時撞壞的嗎？」

「唔唔。」她含糊的回答。

「我問妳，妳那時怎麼後來竟依了呢？」

「我嗎？……」

「妳呀，我想，這總是妳自己願意了，不然……」

「啊啊，妳不知道他力氣多麼大呀。」

「我不信。我不信妳這麼大的力氣，眞會拗他不過。妳後來一定是自己肯了，倒推說他力氣大。」

「啊啊，妳……妳倒自己試試看。」她笑了。

柳媽的打皺的臉也笑起來，使她蹙縮得像一個核桃，乾枯的小眼睛一

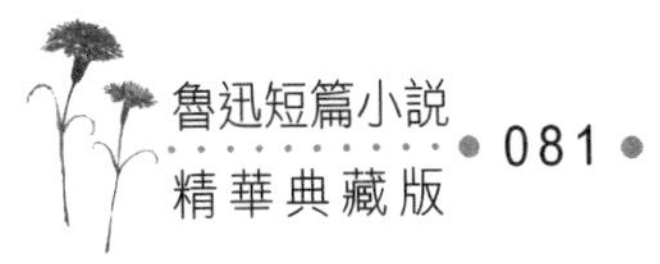

看祥林嫂的額角，又盯住她的眼。祥林嫂似乎很侷促了，立刻斂了笑容，旋轉眼光，自去看雪花。

「祥林嫂，妳實在不合算。」柳媽詭秘的說：「再一強，或者索性撞一個死，就好了。現在呢，妳和妳的第二個男人過活不到兩年，倒落了一件大罪名。妳想，妳將來到陰司去，那兩個死鬼的男人還要爭，妳給了誰好呢？閻羅大王只好把妳鋸開來，分給他們。我想，這眞是……」

她臉上就顯出恐怖的神色來，這是在山村裡所未曾知道的。

「我想，妳不如及早抵當。妳在土地廟裡去捐一條門檻，當作妳的替身，給千人踏、萬人跨，贖了這一世的罪名，免得死了去受苦。」

她當時並不回答什麼話，但大約非常苦悶了，第二天早上起來的時候，兩眼上便都圍著大黑圈。早飯之後，她便到鎮的西頭的土地廟裡去求捐門檻。廟祝起初執意不允許，直到她急得流淚，才勉強答應了。價目是大錢十二千。

她久已不和人們交口，因爲阿毛的故事是早被大家厭棄了的，但自從和柳媽談了天，似乎又即傳揚開去，許多人都發生了新趣味，又來逗她說話了。至於題目，那自然是換了一個新樣，專在她額上的傷疤。

「祥林嫂，我問妳，妳那時怎麼竟肯了？」一個說。

「唉，可惜，白撞了這一下。」一個看著她的疤，應和道。

她大約從他們的笑容和聲調上，也知道是在嘲笑她，所以總是瞪著眼睛，不說一句話，後來連頭也不回了。

她整日緊閉了嘴唇，頭上帶著大家以爲恥辱的記號的那傷痕，默默的跑街、掃地、洗菜、淘米。快夠一年，她才從四嬸手裡支取了歷來積存的工錢，換算了十二元鷹洋，請假到鎮的西頭去。但不到一頓飯時候，她便回來，神氣很舒暢，眼光地分外有神，高興似的對四嬸說，自己已經在土地廟捐了門檻了。

冬至的祭祖時節，她做得更出力，看四嬸裝好祭品，和阿牛將桌子抬

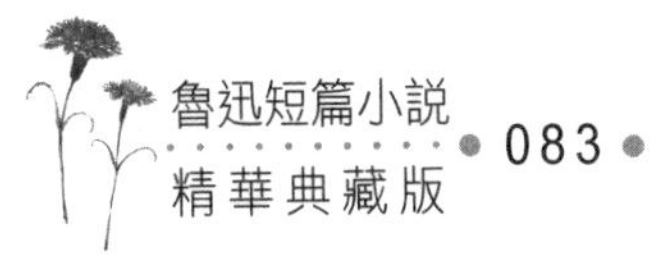

到堂屋中央，她便坦然的去拿酒杯和筷子。

「妳放下罷，祥林嫂！」四嬸慌忙大聲說。

她像是受了炮烙似的縮手，臉色同時變作灰黑，也不再去取燭台，只是失神的站看。直到四叔上香的時候，教她走開，她才走開。這一回她的變化非常大，第二天，不但眼睛凹陷下去，連情神也更不濟了。而且很膽怯，不獨怕暗夜、怕黑影，即使看見人，雖是自己的主人，也總惴惴的，有如在白天出穴遊行的小鼠；否則呆坐著，直是一個木偶人。不半年，頭髮也花白起來了，記性尤其壞，甚而至於常常忘卻了去淘米。

「祥林嫂怎麼這樣了？倒不如那時不留她。」四嬸有時當面就這樣說，似乎是警告她。

然而她總如此，全不見有伶俐起來的希望，他們於是想打發她走了，教她回到衛老婆子那裡去。但當我還在魯鎮的時候，不過單是這樣說，看現在的情狀，可見後來終於實行了。然而，她是從四叔家出去就成了乞丐

的呢，還是先到衛老婆子家然後再成乞丐的呢，那我可不知道。

我給那些因爲在近旁而極響的爆竹聲驚醒，看見豆一般大的黃色的燈火光，接著又聽得畢畢剝剝的鞭炮，是四叔家正在「祝福」了；知道已是五更將近時候。我在朦朧中，又隱約聽到遠處的爆竹聲連綿不斷，似乎合成一天音響的濃雲，夾著團團飛舞的雪花，擁抱了全市鎮。

我在這繁響的擁抱中，也懶散而且舒適，從白天以至初夜的疑慮，全給祝福的空氣一掃而空了，只覺得天地聖衆歆享了牲禮和香煙，都醉醺醺的在空中蹣跚，預備給魯鎮的人們以無限的幸福。

一九二四年二月七日

幸福的家庭

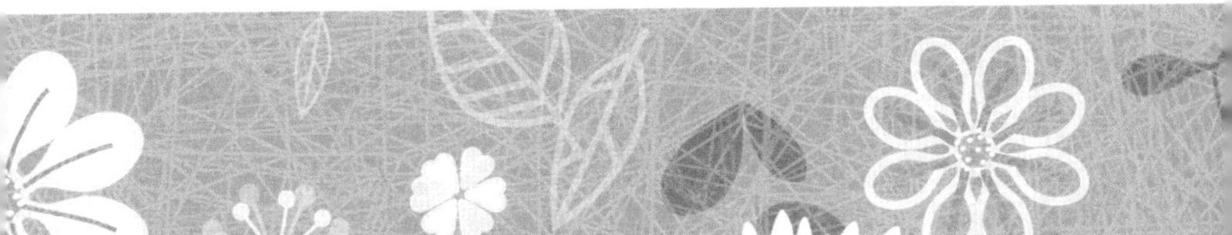

她還是笑瞇瞇的掛著眼淚對他看。
他忽而覺得，她那可愛的天真的臉，
正像五年前的她的母親，
通紅的嘴唇尤其像，不過縮小了輪廓……

「……做不做全由自己的便；那作品，像太陽的光一樣，從無量的光源中湧出來，不像石火，用鐵和石敲出來，這才是眞藝術。那作者，也才是眞的藝術家。而我……這算是什麼？……」

他想到這裡，忽然從床上跳起來了。以先他早已想過，須得撈幾文稿費維持生活了；投稿的地方，先定爲幸福月報社，因爲潤筆似乎比較的豐。但作品就須有範圍，否則，恐怕要不收的。

範圍就範圍……現在的青年腦裡的大問題是……大概很不少，或者有許多是戀愛、婚姻、家庭之類罷……是的，他們確有許多人煩悶著，正在討論這些事。那麼，就來做家庭。然而怎麼做呢？……否則，恐怕要不收的，何必說些背時的話，然而……

他跳下臥床之後，四五步就走到書桌面前，坐下去，抽出一張綠格紙，毫不遲疑，但又自暴自棄似的寫下一行題目道：「幸福的家庭」。

他的筆立刻停滯了；他仰了頭，兩眼瞪著房頂，正在安排那安置這

「幸福的家庭」的地方。他想：「北京？不行，死氣沉沉，連空氣也是死的。假如在這家庭的周圍築一道高牆，難道空氣也就隔斷了嗎？簡直不行！江蘇浙江天天防要開仗，福建更無須說。四川，廣東？都正在打。山東河南之類？啊啊，要綁票的，倘使綁去一個，那就成爲不幸的家庭了。上海天津的租界上房租貴……假如在外國，笑話。雲南貴州不知道怎樣，但交通也大不方便。」

他想來想去，想不出好地方，便要假定爲A了，但又想：「現有不少的人是反對用西洋字母來代人地名的，說是要減少讀者的興味。我這回的投稿，似乎也不如不用，安全些。那麼，在哪裡好呢？湖南也打仗，大連仍然房租貴，察哈爾、吉林、黑龍江罷，聽說有馬賊，也不行！……」

他又想來想去，又想不出好地方，於是終於決心，假定這「幸福的家庭」所在的地方叫作A。

「總之，這幸福的家庭一定須在A，無可磋商。家庭中自然是兩夫婦，就是主人和主婦，自由結婚的。他們訂有四十多條條約，非常詳細，所以非常平等，十分自由。而且受過高等教育，優美高尚……東洋留學生已經不通行，那麼，假定為西洋留學生罷。主人始終穿洋服，硬領始終雪白；主婦是前頭的頭髮始終燙得蓬蓬鬆鬆像一個麻雀巢，牙齒是始終雪白的露著，但衣服卻是中國裝……」

「不行不行，那不行！二十五斤！」

他聽得窗外一個男人的聲音，不由的回過頭去看，窗幔垂著，日光照著，明得眩目，他的眼睛昏花了；接著是小木片撒在地上的聲響。

「不相干，」他又回過頭來想，「什麼『二十五斤』？他們是優美高尚，很愛文藝的。但因為都從小生長在幸福裡，所以不愛俄國的小說……俄國小說多描寫下等人，實在和這樣的家庭也不合。『二十五斤』？不管他。那麼，他們看看什麼書呢？裴倫（拜倫）的詩？吉支（濟慈）的？不行，都不穩當。哦，有了，他們都愛看《理想之良人》。我雖然沒有見過這部書，但既然連大學教授也那麼稱讚它，想來他們也一定都愛看，你也看，我也看——他們一人一本，這家庭裡一共有兩本……」

他覺得胃裡有點空虛了，放下筆，用兩隻手支著頭，教自己的頭像地球儀似的在兩個柱子間掛著。

「……他們兩人正在用午餐，」他想，「桌上鋪了雪白的布，廚子送上菜來，中國菜。什麼『二十五斤』？不管他。爲什麼倒是中國菜？西洋人說，中國菜最進步，最好吃，最合於衛生，所以他們採用中國菜。送來的是第一碗，但這第一碗是什麼呢？……」

「劈柴……」

他吃驚的回過頭去看，靠左肩，便立著他自己家裡的主婦，兩隻陰凄凄的眼睛恰恰盯住他的臉。

「什麼？」他以爲她來攪擾了他的創作，頗有些憤怒了。

「劈柴，都用完了，今天買了些。前一回還是十斤兩吊四，今天就要兩吊六。我想給他兩吊五，好不好？」

「好好，就是兩吊五。」

「稱得太吃虧了。他一定只肯算二十四斤半；我想就算他二十三斤半，好不好？」

「好好，就算他二十三斤半。」

「那麼，五五二十五，三五一十五……」

「唔唔，五五二十五，三五一十五……」他也說不下去了，停了一會，忽而奮然的抓起筆來，就在寫著一行「幸福的家庭」的綠格紙上起算草，起了好久，這才仰起頭來說道：「五吊八！」

「那是，我這裡不夠了，還差八九個……」

他抽開書桌的抽屜，一把抓起所有的銅元，不下二三十，放在她攤開的手掌上，看她出了房，才又回過頭來向書桌。

他覺得頭裡面很脹滿，似乎椏椏叉叉的全被木柴填滿了，五五二十

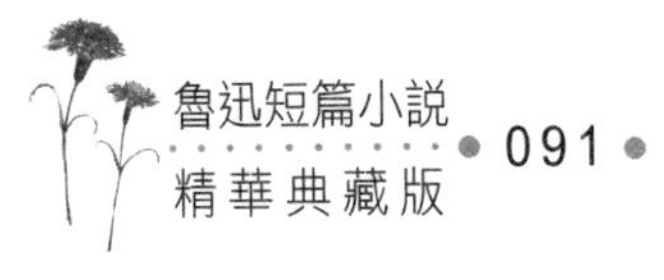

五，腦皮質上還印著許多散亂的亞剌伯數目字。

他很深的吸一口氣，又用力的呼出，彷彿要藉此趕出腦裡的劈柴，五五二十五和亞剌伯數字來。果然，吁氣之後，心地也就輕鬆不少了，於是仍復恍恍忽忽的想。

「什麼菜？菜倒不妨奇特點。滑溜裡脊、蝦子海參，實在太凡庸。我偏要說他們吃的是『龍虎鬥』。但『龍虎鬥』又是什麼呢？有人說是蛇和貓，是廣東的貴重菜，非大宴會不吃的。但我在江蘇飯館的菜單上就見過這名目，江蘇人似乎不吃蛇和貓，恐怕就如誰所說，是蛙和鱔魚了。現在假定這主人和主婦為哪裡人呢？……不管他。總而言之，無論哪裡人吃一碗蛇和貓或者蛙和鱔魚，於幸福的家庭是決不會有損傷的。總之這第一碗一定是『龍虎鬥』，無可磋商。」

「於是一碗『龍虎鬥』擺在桌子中央了，他們兩人同時捏起筷子，指著碗沿，笑瞇瞇的你看我，我看你……」

「My dear, please.」

「Please you eat first, my dear.」

「Oh no, please you!」

「於是他們同時伸下筷子去，同時挾出一塊蛇肉來，不不，蛇肉究竟太奇怪，還不如說是鱔魚罷。那麼，這碗『龍虎鬥』是蛙和鱔魚所做的了。他們同時挾出一塊鱔魚來，一樣大小，五五二十五，三五……不管他，同時放進嘴裡去……」

他不能自制的只想回過頭去看，因爲他覺得背後很熱鬧，有人來來往往的走了兩三回。

但他還熬著，亂嘈嘈的接著想，「這似乎有點肉麻，哪有這樣的家庭？唉唉，我的思路怎麼會這樣亂，這好題目怕是做不完篇的了。或者不必定用留學生，就在國內受了高等教育的也可以。他們都是大學畢業的，高尚優美，高尚……男的是文學家，女的也是文學家，或者文學崇拜家。

或者女的是詩人，男的是詩人崇拜者，女性尊重者。或者……」他終於忍耐不住，同過頭去了。

就在他背後的書架的旁邊，已經出現了一座白菜堆，下層三株，中層兩株，頂上一株，向他疊成一個很大的A字。

「唉唉！」他吃驚的嘆息，同時覺得臉上驟然發熱了，脊樑上還有許多針輕輕的刺著。

「吁……」他很長的吁一口氣，先斥退了脊樑上的針，仍然想，「幸福的家庭的房子要寬綽，有一間堆積房，白菜之類都到那邊去。主人的書房另一間，靠壁滿排著書架，那旁邊自然決沒有什麼白菜堆；架上滿是中國書、外國書，《理想之良人》自然也在內——一共有兩部。臥室又一間，黃銅床，或者質樸點，第一監獄工場做的榆木床也就夠，床底下很乾淨……」他當即一瞥自己的床下，劈柴已經用完了，只有一條稻草繩，卻還死蛇似的懶懶的躺著。

「二十三斤半……」他覺得劈柴就要向床下「川流不息」的進來，頭裡面又有些椏椏叉叉了，便急忙起立，走向門口去想關門。但兩手剛觸著門，卻又覺得未免太暴躁了，就歇了手，只放下那積著許多灰塵的門幕。他一面想，這既無閉關自守之操切，也沒有開放門戶之不安，是很合於「中庸之道」的。

「……所以主人的書房門永遠是關起來的，」他走回來，坐下來想，「有事要商量先敲門，得了許可才能進來，這辦法實在對。現在假如主人坐在自己的書房裡，主婦來談文藝了，也就先敲門——這可以放心，她必不至於捧著白菜的。」

「Come in, please, my dear.」

「然而主人沒有工夫談文藝的時候怎麼辦呢？那麼，不理她，聽她站在外面老是剝剝的敲？這大約不行罷。或者《理想之良人》裡面都寫著，那恐怕確是一部好小說，我如果有了稿費，也得去買他一部來看看……」

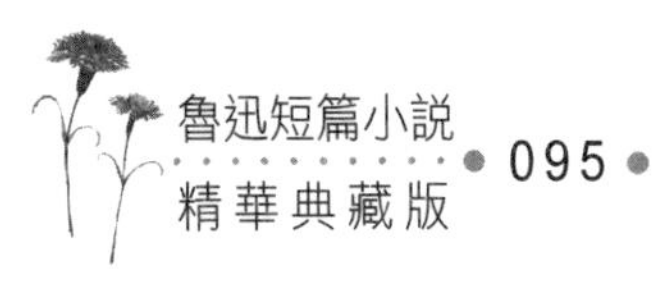

拍！

他腰骨筆直了，因爲他根據經驗，知道這一聲「拍」是主婦的手掌打在他們的二歲的女兒的頭上的聲音。

「幸福的家庭……」他聽到孩子的嗚咽了，但還是腰骨筆直的想，「孩子是生得遲的，生得遲。或者不如沒有，兩個人乾乾淨淨。或者不如住在客店裡，什麼都包給他們，一個人乾乾……」

他聽得嗚咽聲高了起來，也就站了起來，鑽過門幕，想著，「馬克思在兒女的啼哭聲中還會做《資本論》，所以他是偉人……」走出外間，開了風門，聞得一陣煤油氣。孩子就躺倒在門的右邊，臉向著地，一見他，便「哇」的哭出來了。

「啊啊，好好，莫哭莫哭，我的好孩子。」他彎下腰去抱她。

他抱了她回轉身，看見門左邊還站著主婦，也是腰骨筆直，然而兩手插腰，怒氣沖沖的似乎預備開始練體操。

「連妳也來欺侮我！不會幫忙，只會搗亂，連油燈也要翻了它。晚上點什麼？」

「啊啊，好好，莫哭莫哭，」他把那些發抖的聲音放在腦後，抱她進房，摩著她的頭，說：「我的好孩子。」於是放下她，拖開椅子，坐下去，使她站在兩膝的中間，擎起手來道：「莫哭了呵，好孩子，爹爹做『貓洗臉』給妳看。」他同時伸長頸子，伸出舌頭，遠遠的對著手掌舔了兩舔，就用這手掌向了自己的臉上畫圓圈。

「呵呵呵，花兒。」她就笑起來了。

「是的是的，花兒。」他又連續畫上幾個圓圈，這才歇了手，只見她還是笑瞇瞇的掛著眼淚對他看。

他忽而覺得，她那可愛的天眞的臉，正像五年前的她的母親，通紅的嘴唇尤其像，不過縮小了輪廓。那時也是晴朗的冬天，她聽得他說決計反抗一切阻礙，爲她犧牲的時候，也就這樣笑瞇瞇的掛著眼淚對他看。他悃然的坐著，彷彿有些醉了。

「啊啊，可愛的嘴唇……」他想。

門幕忽然掛起。劈柴運進來了。

他也忽然驚醒，一定睛，只見孩子還是掛著眼淚，而且張開了通紅的嘴唇對他看。

「嘴唇……」他向旁邊一瞥，劈柴正在進來，「……恐怕將來也就是五五二十五，九九八十一！而且兩隻眼睛陰淒淒的……」他想著，隨即粗暴的抓起那寫著一行題目和一堆算草的綠格紙來，揉了幾揉，又展開來給她拭去了眼淚和鼻涕。

「好孩子，自己玩去罷。」他一面推開她說，一面就將紙團用力的擲在紙簍裡。

但他又立刻覺得對於孩子有些抱歉了，重復回頭，目送著她獨自煢煢的出去；耳朵裡聽得木片聲。他想要定一定神，便又回轉頭，閉了眼睛，息了雜念，平心靜氣的坐著。

他看見眼前浮出一朵扁圓的烏花，橙黃心，從左眼的左角飄到右，消失了；接著一朵明綠花，墨綠色的心；接著一座六株的白菜堆，屹然的向他疊成一個很大的A字。

一九二四年二月十八日

肥皂

這日他比平日起得遲，
看見她已經伏在洗臉台上擦脖子，
肥皂的泡沫就如大螃蟹嘴上的水泡一般，
高高的堆在兩個耳朵後……

四銘太太正在斜日光中背著北窗和她八歲的女兒秀兒糊紙錠，忽聽得又重又緩的布鞋底聲響，知道四銘進來了，並不去看他，只是糊紙錠。但那布鞋底聲卻愈響愈逼近，覺得終於停在她的身邊了，於是不免轉過眼去看，只見四銘就在她面前聳肩曲背的狠命掏著布馬褂底下的袍子的大襟後面的口袋。

他好容易曲曲折折的匯出手來，手裡就有一個小小的長方包，葵綠色的，一逕遞給四太太。她剛接到手，就聞到一陣似橄欖非橄欖的說不清的香味，還看見葵綠色的紙包上有一個金光燦爛的印子和許多細簇簇的花紋。秀兒即刻跳過來要搶著看，四太太趕忙推開她。

「上了街？」她一面看，一面問。

「唔唔。」他看看她手裡的紙包，說。

於是這葵綠色的紙包被打開了，裡面還有一層很薄的紙，也是葵綠色；揭開薄紙，才露出那東西的本身來，光滑堅緻，也是葵綠色，上面還

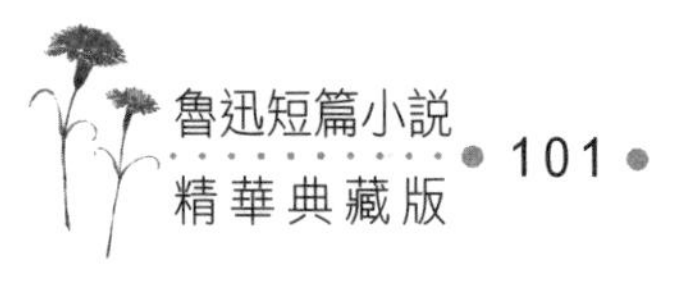

有細簇簇的花紋，而薄紙原來卻是米色的，似橄欖非橄欖的說不清的香味也來得更濃了。

「唉唉，這實在是好肥皀。」她捧孩子似的將那葵綠色的東西送到鼻子下面去，嗅著說。

「唔唔，妳以後就用這個……」

她看見他嘴裡這麼說，眼光卻射在她的脖子上，便覺得顴骨以下的臉上似乎有些熱。她有時自己偶然摸到脖子上，尤其是耳朵後，指面上總感著些粗糙，本來早就知道是積年的老泥，但向來倒也並不很介意。現在在他的注視之下，對著這葵綠異香的洋肥皀，可不禁臉上有些發熱了，而且這熱又不絕的蔓延開去，即刻一逕到耳根。她於是就決定晚飯後要用這肥皀來拚命的洗一洗。

「有些地方，本來單用皀莢子是洗不乾淨的。」她自對自的說。

「媽，這給我！」秀兒伸手來搶葵綠紙；在外面玩耍的小女兒招兒也

跑到了。四太太趕忙推開她們，裹好薄紙，又照舊包上葵綠紙，欠過身去擱在洗臉台上最高的一層格子上，看一看，翻身仍然糊紙錠。

「學程！」四銘記起了一件事似的，忽而拖長了聲音叫，就在她對面的一把高背椅子上坐下了。

「學程！」她也幫著叫。

她停下糊紙錠，側耳一聽，什麼響應也沒有，又見他仰著頭焦急的等著，不禁很有些抱歉了，便盡力提高了喉嚨，尖利的叫：「絟兒呀！」

這一叫確乎有效，就聽到皮鞋聲橐橐的近來，不一會，絟兒已站在她面前了，只穿短衣，肥胖的圓臉上亮晶晶的流著油汗。

「你在做什麼？怎麼爹叫也不聽見？」她譴責的說。

「我剛在練八卦拳……」他立即轉身向了四銘，筆挺的站著，看著他，意思是問他什麼事。

「學程，我就要問你：『惡毒婦』是什麼？」

「『惡毒婦』？……那是，『很兇的女人』罷？」

「胡說！胡鬧！」四銘忽而怒得可觀。「我是『女人』嗎?!」

學程嚇得倒退了兩步，站得更挺了。他雖然有時覺得他走路很像上台的老生，卻從沒有將他當作女人看待，他知道自己答得很錯了。

「『惡毒婦』是『很兇的女人』，我倒不懂，得來請教你？這不是中國話，是鬼子話，我對你說，這是什麼意思，你懂嗎？」

「我，……我不懂。」學程更加侷促起來。

「嚇，我白花錢送你進學堂，連這一點也不懂。虧煞你的學堂還誇什麼『口耳並重』，倒教得什麼也沒有。說這鬼話的人至多不過十四五歲，比你還小些呢，已經嘰嘰咕咕的能說了，你卻連意思也說不出，還有這臉說『我不懂』！現在就給我去查出來！」

學程在喉嚨底裡答應了一聲「是」，恭恭敬敬的退出去了。

「這眞叫作不成樣子，」過了一會，四銘又慷慨的說：「現在的學生是。其實，在光緒年間，我就是最提倡開學堂的，可萬料不到學堂的流弊竟至於如此之大，什麼解放咧，自由咧，沒有實學，只會胡鬧。學程呢，爲他花了的錢也不少了，都白花。好容易給他進了中西折衷的學堂，英文又專是『口耳並重』的，妳以爲這孩好了罷，哼，可是讀了一年，連『惡毒婦』也不懂，大約仍然是唸死書。嚇，什麼學堂？造就了些什麼？我簡直說：應該統統關掉！」

「對咧，眞不如統統關掉的好。」四太太糊著紙錠，同情的說。

「秀兒她們也不必進什麼學堂了。『女孩子，唸什麼書？』九公公先前這樣說，反對女學的時候，我還攻擊他呢；可是現在看起來，究竟是老年人的話對。妳想，女人一陣一陣的在街上走，已經很不雅觀的了，她們都還要剪頭髮。我最恨的就是那些剪了頭髮的女學生，我簡直說：軍人土匪倒還情有可原，攪亂天下的就是她們，應該很嚴的辦一辦……」

「對咧，男人都像了和尚還不夠，女人又來學尼姑了。」

「學程！」

學程正捧著一本小而且厚的金邊書快步進來，便呈給四銘，指著一處說：「這倒有點像。這個……」

四銘接來看時，知道是字典，但文字非常小，又是橫行的。他眉頭一皺，擎向窗口，細著眼睛，就學程所指的一行唸過去：「『第十八世紀創立之共濟講社之稱』。唔，不對。這聲音是怎麼唸的？」他指著前面的「鬼子」字，問。

「惡特拂羅斯（oddfellows）。」

「不對，不對，不是這個。」四銘又忽而憤怒起來了。「我對你說，那是一句壞話，罵人的話，罵我這樣的人的。懂了麼，查去！」

學程看了他幾眼，沒有動。

「這是什麼悶葫蘆，沒頭沒腦的，你也先得說說清，教他好用心的查去。」她看見學程爲難，覺得可憐，便排解而且不滿似的說。

「就是我在大街上廣潤祥買肥皀的時候，」四銘呼出了一口氣，向她轉過臉去，說：「店裡又有三個學生在那裡買東西。我呢，從他們看起來，自然也怕太嚕囌一點了罷。我一氣看了六七樣，都要四角多，沒有買；看一角一塊的，又太壞，沒有什麼香。我想，不如中通的好，便挑定了那綠的一塊，兩角四分。伙計本來是勢利鬼，眼睛生在額角上的，早就噘著狗嘴的了，可恨那學生這壞小子又都擠眉弄眼的說著鬼話笑。後來，我要打開來看一看才付錢，洋紙包著，怎麼斷得定貨色的好壞呢？誰知道那勢利鬼不但不依，還蠻不講理，說了許多可惡的廢話，壞小子們又附和著說笑。那一句是頂小的一個說的，而且眼睛看看我，他們就都笑起來了，可見一定是一句壞話。」

他於是轉臉對著學程道：「你只要在『壞話類』裡去查去！」

學程在喉嚨底裡答應了一聲「是」，恭恭敬敬的退去了。

「他們還嚷什麼『新文化新文化』，『化』到這樣了，還不夠？」他兩眼盯著屋樑，盡自說下去。「學生也沒有道德，社會上也沒有道德，再不想點法子來挽救，中國這才眞個要亡了。妳想，那多麼可嘆？」

「什麼？」她隨口的問，並不驚奇。

「孝女。」他轉眼對著她，鄭重的說：「就在大街上，有兩個討飯的。一個是姑娘，看去該有十八九歲了。其實這樣的年紀，討飯是很不相宜的了，可是她還討飯，和一個六七十歲的老的，白頭髮，眼睛是瞎的，坐在布店的簷下求乞。大家都說她是孝女，那老的是祖母，她只要討得一點什麼，便都獻給祖母吃，自己情願餓肚皮。可是這樣的孝女，有人肯佈施嗎？」他射出眼光來盯住她，似乎要試驗她的識見。

她不答話，也只將眼光盯住他，似乎倒是專等他來說明。

「哼，沒有。」他終於自己回答說：「我看了好半天，只見一個人給了一文小錢，其餘的圍了一人圈，倒反去打趣。還有兩個光棍，竟肆無忌憚的說：『阿發，你不要看得這貨色髒。你只要去買兩塊肥皀來，咯支咯支遍身洗一洗，好得很哩！』哪，妳想，這成什麼話？」

「哼，」她低下頭去了，久之，才又懶懶的問：「你給了錢麼？」

「我嗎？沒有。一兩個錢，是不好意思拿出去的。她不是平常的討飯，總得……」

「嗡。」她不等說完話，便慢慢地站起來，走到廚下去。昏黃只顯得濃密，已經是晚飯時候了。

四銘也站起身，走出院子去。天色比屋子裡還明亮，學程就在牆角落上練習八卦拳；這是他的「庭訓」，利用晝夜之交的時間的經濟法，學程奉行了將近大半年了。他讚許似的微微點一點頭，便反背著兩手在空院子裡來回的踱方步。不多久，那惟一的盆景萬年青的闊葉又已消失在昏暗中，破絮一般的白雲間閃出星點，黑夜就從此開頭。

四銘當這時候，便也不由的感奮起來，彷彿就要大有所為，與周圍的壞學生以及惡社會宣戰。

他意氣漸漸勇猛，腳步愈跨愈大，布鞋底聲也愈走愈響，嚇得早已睡在籠子裡的母雞和小雞也都唧唧足足的叫起來了。

堂前有了燈光，就是號召晚餐的烽火，合家的人們便都齊集在中央的桌子周圍。燈在下橫，上首是四銘一人居中，也是學程一般肥胖的圓臉，但多兩撇細鬍子，在菜湯的熱氣裡，獨據一面，很像廟裡的財神。左橫是四太太帶著招兒；右橫是學程和秀兒一列。碗筷聲雨點似的響，雖然大家不言語，也就是很熱鬧的晚餐。

招兒帶翻了飯碗了，菜湯流得小半桌。四銘儘量的睜大了細眼睛瞪著，看得她要哭，這才收回眼光，伸筷自去挾那早先看中了的一個菜心。可是菜心已經不見了，他左右一瞥，就發見學程剛剛挾著塞進他張得很大的嘴裡去，他於是只好無聊的吃了一筷黃菜葉。

「學程，」他看著他的臉說：「那一句查出了沒有？」

「那一句？那還沒有。」

「哼，你看，也沒有學問，也不懂道理，單知道吃！學學那個孝女罷，做了乞丐，還是一味孝順祖母，自己情願餓肚子。但是你們這些學生哪裡知道這些，肆無忌憚，將來只好像那光棍……」

「想倒想著了一個，但不知可是。我想，他們說的也許是『阿爾特膚爾』。」

「哦哦，是的！就是這個！他們說的就是這樣一個聲音：『惡毒夫咧』，這是什麼意思？你也就是他們這一黨，你是知道的。」

「意思……意思我不很明白。」

「胡說！瞞我。你們都是壞種！」

「『天不打吃飯人』，你今天怎麼盡鬧脾氣，連吃飯時候也是打雞罵狗的。他們小孩子們知道什麼？」四太太忽而說。

「什麼？」四銘正想發話，但一回頭，看見她陷下的兩頰已經鼓起，而且很變了顏色，三角形的眼裡也發著可怕的光，便趕緊改口說：「我也沒有鬧什麼脾氣，我不過教學程應該懂事些。」

「他哪裡懂得你心裡的事呢？」她可是更氣憤了。「他如果能懂事，早就點了燈籠火把，尋了那孝女來了。好在你已經給她買好了一塊肥皂在這裡，只要再去買一塊……」

「胡說！那話是那光棍說的。」

「不見得。只要再去買一塊，給她咯支咯支的遍身洗一洗，供起來，天下也就太平了。」

「什麼話？那有什麼相干？我因為記起了妳沒有肥皂……」

「怎麼不相干？你是特誠買給孝女的，你咯支咯支的去洗去。我不配，我不要，我也不要沾孝女的光。」

「這眞是什麼話？妳們女人……」四銘支吾著，臉上也像學程練了八卦拳之後似的流出油汗來，但大約大半也因為吃了太熱的飯。

「我們女人怎麼樣，我們女人比你們男人好得多。你們男人不是罵十

八九歲的女學生，就是稱讚十八九歲的女討飯，都不是什麼好心思。『咯支咯支』，簡直是不要臉！」

「我不是已經說過了？那是一個光棍……」

「四翁！」外面的暗中忽然起了極響的叫喊。

「道翁嗎？我就來！」四銘知道那是高聲有名的何道統，便遇赦似的，也高興的大聲說：「學程，你快點燈照何老伯到書房去！」

學程點了燭，引著道統走進西邊的廂房裡，後面還跟著卜薇園。

「失迎失迎，對不起。」四銘還嚼著飯，出來拱一拱手說：「就在舍間用便飯，如何？」

「已經偏過了。」薇園迎上去，也拱一拱手，說：「我們連夜趕來，就為了那移風文社的第十八屆徵文題目，明天不是『逢七』嗎？」

「哦！今天十六？」四銘恍然的說。

「你看，多麼糊塗！」道統大嚷道。

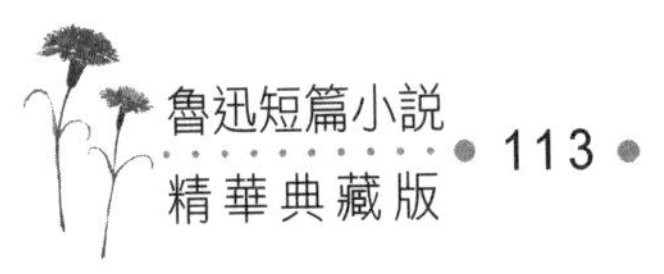

「那麼，就得連夜送到報館去，要他明天一准登出來。」

「文題我已經擬下了。你看怎樣，用得用不得？」道統說著，就從手巾包裡挖出一張紙條來交給他。

四銘踱到燭台面前，展開紙條，一字一字的讀下去：「『恭擬全國人民合詞籲請貴大總統特頒明令尊重聖經祟祀孟母以挽頹風而存國粹文』。好極好極。可是字數太多了罷？」

「不要緊的！」道統大聲說：「我算過了，還無須乎多加廣告費。但是詩題呢？」

「詩題嗎？」四銘忽而恭敬之狀可掬了。「我倒有一個在這裡——孝女行。那是實事，應該表彰表彰她。我今天在大街上……」

「哦哦，那不行。」薇園連忙搖手，打斷他的話。「那是我也看見的。她大概是『外路人』，我不懂她的話，她也不懂我的話，不知道她究竟是哪裡人。大家倒都說她是孝女，然而我問她可能做詩，她搖搖頭。要

是能做詩，那就好了。」

「然而忠孝是大節，不會做詩也可以將就……」

「那倒不然，而孰知不然！」薇園攤開手掌，向四銘連搖帶推的奔過去，力爭說：「要會做詩，然後有趣。」

「我們，」四銘推開他，「就用這個題目，加上說明，登報去。一來可以表彰表彰她，二來可以借此針砭社會。現在的社會還成個什麼樣子，我從旁考察了好半天，竟不見有什麼人給一個錢，這豈不是全無心肝……」

「啊呀，四翁！」薇園又奔過來，「你簡直是在『對著和尚罵賊禿』了。我就沒有給錢，我那時恰恰身邊沒有帶著。」

「不要多心，薇翁。」四銘又推開他，「你自然在外，又作別論。你聽我講下去，她們面前圍了一大群人，毫無敬意，只是打趣。還有兩個光棍，那是更肆無忌憚了，有一個簡直說：『阿發，你去買兩塊肥皂來，咯支咯支遍身洗一洗，好得很哩。』你想，這……」

「哈哈哈！兩塊肥皂！」道統的響亮笑聲突然發作了，震得人耳朵喤喤的叫。「你買，哈哈，哈哈！」

「道翁，道翁，你不要這麼嚷。」四銘吃了一驚，慌張的說。

「咯支咯支，哈哈！」

「道翁！」四銘沉下臉來了，「我們講正經事，你怎麼只胡鬧，鬧得人頭昏。你聽，我們就用這兩個題目，即刻送到報館去，要他明天一准登出來。這事只好偏勞你們兩位了。」

「可以可以，那自然。」薇園極口應承說。

「呵呵，洗一洗，咯支……唏唏……」

「道翁！」四銘憤憤的叫。

道統給這一喝，不笑了。他們擬好了說明，薇園寫在信箋上，就和道統跑往報館去。四銘拿著燭台，送出門口，回到堂屋的外面，心裡就有些不安逸，但略一躊躕，也終於跨進門檻去了。他一進門，迎頭就看見中央

的方桌中間放著那肥皂的葵綠色的小小的長方包，包中央的金印子在燈光下明晃晃的發閃，周圍還有細小的花紋。

秀兒和招兒都蹲在桌子下橫的地上玩，學程坐在右橫查字典。最後在離燈最遠的陰影裡的高背椅子上發現了四太太，燈光照處，見她死板板的臉上並不顯出什麼喜怒，眼睛也並不看著什麼東西。

「咯支咯支，不要臉不要臉……」

四銘微微的聽得秀兒在他背後說，回頭看時，什麼動作也沒有了，只有招兒還用了她兩隻小手的指頭在自己臉上抓。

他覺得存身不住，便熄了燭，踱出院子去。他來回的踱，一不小心，母雞和小雞又唧唧足足的叫了起來，他立即放輕腳步，並且走遠些。

經過許多時，堂屋裡的燈移到臥室裡去了。他看見一地月光，彷彿滿鋪了無縫的白紗，玉盤似的月亮現在白雲間，看不出一點缺。他很有些悲傷，似乎也像孝女一樣，成了「無告之民」，孤苦零丁了。

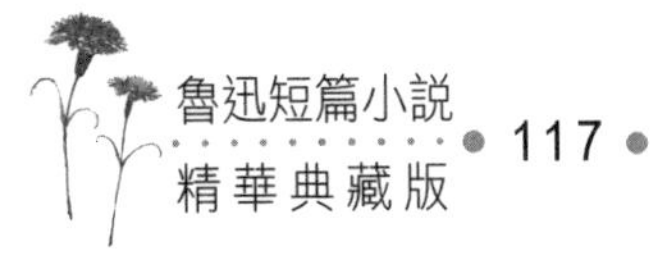

他這一夜睡得非常晚。

但到第二天的早晨，肥皂就被錄用了。這日他比平日起得遲，看見她已經伏在洗臉台上擦脖子，肥皂的泡沫就如大螃蟹嘴上的水泡一般，高高的堆在兩個耳朵後，比起先前用皂莢時候的只有一層極薄的白沫來，那高低眞有霄壤之別了。

從此之後，四太太的身上便總帶著些似橄欖非橄欖的說不清的香味；幾乎小半年，這才忽而換了樣，凡有聞到的都說那可似乎是檀香。

一九二四年三月二十二日

高老夫子

高老夫子回到自家的房裡許久之後，
有時全身還驟然一熱，又無端的憤怒，
終於覺得學堂確也要鬧壞風氣，不如停閉的好，
尤其是女學堂——有什麼意思呢？喜歡虛榮罷了！

這一天，從早晨到午後，他的工夫全費在照鏡、看《中國歷史教科書》和查《袁了凡綱鑑》裡；眞所謂「人生識字憂患始」，頓覺得對於世事很有些不平之意了。而且這不平之意，是他從來沒有經驗過的。

首先，就想到往常的父母實在太不將兒女放在心裡。他還在孩子的時候，最喜歡爬上桑樹去偷桑椹吃，但他們全不管，有一回竟跌下樹來磕破了頭，又不給好好地醫治，至今左邊的眉上還帶著一個永不消滅的尖劈形的瘢痕。

他現在雖然格外留長頭髮，左右分開，又斜梳下來，可以勉強遮住了，但究竟還看見尖劈的尖，也算得一個缺點，萬一給女學生發現，大概是免不了要看不起的。他放下鏡子，怨憤地吁一口氣。

其次，是《中國歷史教科書》的編纂者竟太不爲教員設想。他的書雖然和《了凡綱鑑》也有些相合，但大段又很不相同，若即若離，令人不知道講起來應該怎樣拉在一處。但待到他瞥著那夾在教科書裡的一張紙條，卻又怨起中途辭職的歷史教員來了，因爲那紙條上寫的是：「從第八章《東晉之興亡》起。」

如果那人不將三國的事情講完，他的預備就決不至於這麼困苦。他最熟悉的就是三國，例如桃園三結義、孔明借箭、三氣周瑜、黃忠定軍山斬夏侯淵以及其他種種，滿肚子都是，一學期也許講不完。到唐朝，則有秦瓊賣馬之類，便又較爲擅長了，誰料偏偏是東晉。他又怨憤地吁一口氣，再拉過《了凡綱鑑》來。

「噲，你怎麼外面看看還不夠，又要鑽到裡面去看了？」

一隻手同時從他背後彎過來，一撥他的下巴。但他並不動，因爲從聲音和舉動上，便知道是暗暗踅進來的打牌的老朋友黃三。

他雖然是他的老朋友，一禮拜以前還一同打牌、看戲、喝酒、跟女人，但自從他在《大中日報》上發表了「論中華國民皆有整理國史之義務」這一篇膾炙人口的名文，接著又得了賢良女學校的聘書之後，就覺得

這黃三一無所長，總有些下等相了。所以他並不回頭，板著臉正正經經地回答道：「不要胡說！我正在預備功課……」

「你不是親口對老缽說的嗎？你要謀一個教員做，去看看女學生？」

「你不要相信老缽的狗屁！」

黃三就在他桌旁坐下，向桌面上一瞥，立刻在一面鏡子和一堆亂書之間，發現了一個翻開著的大紅紙的帖子。他一把抓來，瞪著眼睛一字一字地看下去。

今敦請

爾礎高老夫子為本校歷史教員每周授課四小時

每小時敬送脩金大洋三角正按時間計算　此約

賢良女學校校長何萬淑貞斂衽謹訂

中華民國十三年夏曆菊月吉旦　立

「『爾礎高老夫子』？誰呢？你嗎？你改了名字了嗎？」黃三一看完，就性急地問。

但高老夫子只是高傲地一笑，他的確改了名字了。然而黃三只會打牌，到現在還沒有留心新學問、新藝術。他既不知道有一個俄國大文豪高爾基，又怎麼說得通這改名的深遠的意義呢？

所以他只是高傲地一笑，並不答覆他。

「喂喂，老桿，你不要鬧這些無聊的玩意兒了！」黃三放下聘書，說：「我們這裡有了一個男學堂，風氣已經鬧得夠壞了，他們還要開什麼女學堂，將來眞不知道要鬧成什麼樣子才罷。你何苦也去鬧，犯不上……」

「這也不見得。況且何太太一定要請我，辭不掉……」因爲黃三毀謗了學校，又看手錶上已經兩點半，離上課時間只有半點了，所以他有些氣憤，又很露出焦躁的神情。

「好！這且不談。」黃三是乖覺的，即刻轉帆說：「我們說正經事罷，今天晚上我們有一個局面。毛家屯毛資甫的大兒子在這裡了，來請陽宅先生看墳地去的，手頭現帶著二百番。我們已經約定，晚上湊一桌，一個我，一個老鉢，一個就是你。你一定來罷，萬不要誤事。我們三個人掃光他！」

老桿——高老夫子沉吟了，但是不開口。

「你一定來，一定！我還得和老鉢去接洽一回。地方還是在我的家裡。那傻小子是『初出茅廬』，我們準可以掃光他！你將那一副竹紋清楚一點的交給我罷！」

高老夫子慢慢地站起來，到床頭取了馬將牌盒，交給他；一看手錶，兩點四十分了。他想，黃三雖然能幹，但明知道我已經做了教員，還來當面毀謗學堂，又打攪別人的預備功課，究竟不應該。他於是冷淡地說道：「晚上再商量罷。我要上課去了。」

他一面說，一面恨恨地向《了凡綱鑑》看了一眼，拿起教科書，裝在新皮包裡，又很小心地戴上新帽子，便和黃三出了門。他一出門，就放開腳步，像木匠牽著的鑽子似的，肩膀一扇一扇地直走，不多久，黃三便連他的影子也望不見了。

高老夫子一跑到賢良女學校，即將新印的名片交給一個駝背的老門房。不一忽，就聽到一聲「請」，他於是跟著駝背走，轉過兩個彎，已到教員預備室了，也算是客廳。何校長不在校，迎接他的是花白鬍子的教務長，大名鼎鼎的萬瑤圃，別號「玉皇香案吏」的，新近正將他自己和女仙贈答的詩《仙壇酬唱集》陸續登在《大中日報》上。

「啊呀！礎翁！久仰久仰！」萬瑤圃連連拱手，並將膝關節和腿關節接連彎了五六彎，彷彿想要蹲下去似的。

「啊呀！瑤翁！久仰久仰！」礎翁夾著皮包照樣地做，並且說。

他們於是坐下，一個似死非死的校役便端上兩杯白開水來。高老夫子看看對面的掛鐘，還只兩點四十分，和他的手錶要差半點。

「啊呀！礎翁的大作，是的，那個……是的，那『中國國粹義務論』眞眞要言不煩，百讀不厭！實在是少年人們的座右銘，座右銘座右銘！兄弟也頗喜歡文學，可是，玩玩而已，怎麼比得上礎翁。」他重行拱一拱手，低聲說：「我們的盛德乩壇天天請仙，兄弟也常常去唱和。礎翁也可以光降光降罷。那乩仙，就是蕊珠仙子，從她的語氣上看來，似乎是一位謫降紅塵的花神。她最愛和名人唱和，也很贊成新黨，像礎翁這樣的學者，她一定大加青眼的。哈哈哈哈！」

但高老夫子卻不很能發表什麼崇論宏議，因爲他的預備——東晉之興亡本沒有十分足，此刻又並不足的幾分也有些忘卻了。他煩躁愁苦著，從繁亂的心緒中，又湧出許多斷片的思想來——上堂的姿勢應該威嚴，額角的瘢痕總該遮住，教科書要讀得慢，看學生要大方。但同時還模模糊糊聽得瑤圃說著話。

「……賜了一個荸薺……『醉倚青鸞上碧霄』，多麼超脫……那鄧孝翁叩求了五回，這才賜了一首五絕……『紅袖拂天河，莫道……』蕊珠仙子說……礎翁還是第一回……，這就是本校的植物園！」

「哦哦！」爾礎忽然看見他舉手一指，這才從亂頭思想中驚覺，依著指頭看去，窗外一小片空地，地上有四五株樹，正對面是三間小平房。

「這就是講堂。」瑤圃並不移動他的手指，但是說。

「哦哦！」

「學生是很馴良的。她們除聽講之外，就專心縫紉……」

「哦哦！」爾礎實在頗有些窘急了，他希望他不再說話，好給自己聚精會神，趕緊想一想東晉之興亡。

「可惜內中也有幾個想學學做詩，那可是不行的。維新固然可以，但做詩究竟不是大家閨秀所宜。蕊珠仙子也不很贊成女學，以為淆亂兩儀，非天曹所喜。兄弟還很同她討論過幾回……」

爾礎忽然跳了起來，他聽到鈴聲了。

「不，不。請坐！那是退班鈴。」

「瑤翁公事很忙罷，可以不必客氣……」

「不，不！不忙，不忙！兄弟以爲振興女學是順應世界的潮流，但一不得當，即易流於偏，所以天曹不喜，也許不過是防微杜漸的意思。只要辦理的人不偏不倚，合乎中庸，一以國粹爲歸宿，那是決無流弊的。礎翁，你想，可對？這是蕊珠仙子也以爲『不無可採』的話。哈哈哈哈！」

校役又送上兩杯白開水來，但是鈴聲又響了。瑤圃便請爾礎喝了兩口白開水，這才慢慢地站起來，引導他穿過植物園，走進講堂去。

他心頭跳著，筆挺地站在講台旁邊，只看見半屋子都是蓬蓬鬆鬆的頭髮。瑤圃從大襟袋裡掏出一張信箋，展開之後，一面看，一面對學生們說道：「這位就是高老師，高爾礎高老師，是有名的學者，那一篇有名的『論中華國民皆有整理國史之義務』，是誰都知道的。《大中日報》上還

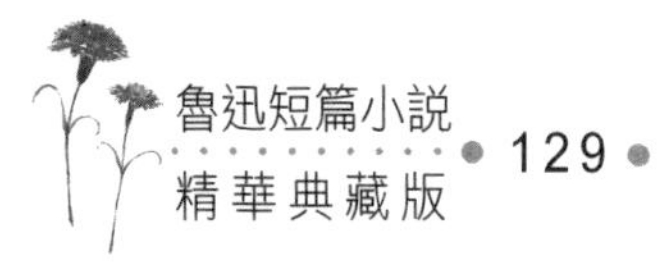

說過，高老師是騾慕俄國文豪高君爾基之為人，因改字爾礎，以示景仰之意，斯人之出，誠吾中華文壇之幸也！現在經何校長再三敦請，竟惠然肯來，到這裡來教歷史了……」

高老師忽而覺得很寂然，原來瑤翁已經不見，只有自己站在講台旁邊了。他只得跨上講台去，行了禮，定一定神，又記起了態度應該威嚴的成算，便慢慢地翻開書本，來開講《東晉之興亡》。

「嘻嘻！」似乎有誰在那裡竊笑了。

高老夫子臉上登時一熱，忙看書本，和他的話並不錯，上面印著的的確是：「東晉之偏安」。書腦的對面，也還是半屋子蓬蓬鬆鬆的頭髮，不見有別的動靜。他猜想這是自己的疑心，其實誰也沒有笑；於是又定一定神，看住書本，慢慢地講下去。起初，是自己的耳朵也聽到自己的嘴說些什麼的，可是逐漸糊塗起來，竟至於不再知道說什麼，待到發揮「石勒之雄圖」的時候，便只聽得吃吃地竊笑的聲音了。

他不禁向講台下一看，情形和原先已經很不同；半屋子都是眼睛，還有許多小巧的等邊三角形，三角形中都坐著兩個鼻孔，這些連成一氣，宛然是流動而深邃的海，閃爍地、汪洋地正沖著他的眼光。但當他瞥見時，卻又驟然一閃，變了半屋子蓬蓬鬆鬆的頭髮了。

他也連忙收回眼光，再不敢離開教科書，不得已時，就抬起眼來看看屋頂。屋頂是白而轉黃的洋灰，中央還起了一道正圓形的稜線；可是這圓圈又生動了，忽然擴大，忽然收小，使他的眼睛有些昏花。他預料倘將眼光下移，就不免又要遇見可怕的眼睛和鼻孔聯合的海，只好再回到書本上，這時已經是「淝水之戰」，苻堅快要駭得「草木皆兵」了。

他總疑心有許多人暗暗地發笑，但還是熬著講，明明已經講了大半天，而鈴聲還沒有響，看手錶是不行的，怕學生要小覷；可是講了一會，又到「拓跋氏之勃興」了，接著就是「六國興亡表」，他本人以爲今天未必講到，沒有預備的。他自己覺得講義忽而中止了。

「今天是第一天，就是這樣罷……」他惶惑了一會之後，才續地說，一面一點頭，跨下講台去，也便出了教室的門。

「嘻嘻嘻！」

他似乎聽到背後有許多人笑，又彷彿看見這笑聲就從那深邃的鼻孔的海裡出來。他便惘惘然，跨進植物園，向著對面的教員預備室大踏步走。

他大吃一驚，至於連《中國歷史教科書》也失手落在地上了，因為腦殼突然遭了什麼東西的一擊。他倒退兩步，定睛看時，一枝夭斜的樹枝橫在他面前，已被他頭撞得樹葉都微微發抖。他趕緊彎腰去拾書本，書旁邊豎著一塊木牌，上面寫道——

桑，桑科

他似乎聽到背後有許多人笑，又彷彿看見這笑聲就從那深邃的鼻孔的海裡出來。於是也就不好意思去撫摩頭上已經疼痛起來的皮膚，只一心跑進教員預備室裡去。那裡面，兩個裝著白開水的杯子依然，卻不見了似死

非死的校役，瑤翁也蹤影全無了。一切都黯淡，只有他的新皮包和新帽子在黯淡中發亮。看壁上的掛鐘，還只有三點四十分。

高老夫子回到自家的房裡許久之後，有時全身還驟然一熱，又無端的憤怒，終於覺得學堂確也要鬧壞風氣，不如停閉的好，尤其是女學堂——有什麼意思呢？喜歡虛榮罷了！

「嘻嘻！」

他還聽到隱隱約約的笑聲。這使他更加憤怒，也使他辭職的決心更加堅固了。晚上就寫信給何校長，只要說自己患了足疾。但是，倘來挽留，又怎麼辦呢？也不去。女學堂眞不知道要鬧到什麼樣子，自己又何苦去和她們爲伍呢？犯不上的，他想。

他於是決絕地將《了凡綱鑑》搬開，鏡子推在一旁，聘書也合上了。正要坐下，又覺得那聘書實在紅得可恨，便抓過來和《中國歷史教科書》一同塞入抽屜裡。

一切大概已經打疊停當，桌上只剩下一面鏡子，眼界清淨得多了。然而還不舒適，彷彿欠缺了半個魂靈，但他當即省悟，戴上紅結子的秋帽，逕向黃三的家裡去了。

「來了，爾礎高老夫子！」老鉢大聲說。

「狗屁！」他眉頭一皺，在老鉢頭頂上打了一下，說。

「教過了罷？怎麼樣，可有幾個出色的？」黃三熱心地問。

「我沒有再教下去的意思。女學堂眞不知道要鬧成什麼樣子。我輩正經人，確乎犯不上醬在一起……」

毛家的大兒子進來了，胖到像一個湯圓。

「啊呀！久仰久仰！」

滿屋子的手都拱起來，膝關節和腿關節接二連三地屈折，彷彿就要蹲了下去似的。

「這一位就是先前說過的高幹亭兄。」老鉢指著高老夫子，向毛家的

大兒子說。

「哦哦！久仰久仰！」毛家的大兒子便特別向他連連拱手，並且點頭。

這屋子的左邊早放好一頂斜擺的方桌，黃三一面招呼客人，一面和一個小丫頭佈置著座位和籌碼。不多久，每一個桌角上都點起一枝細瘦的洋燭來，他們四人便入座了。

萬籟無聲。只有打出來的骨牌拍在紫檀桌面上的聲音，在初夜的寂靜中清澈地作響。高老夫子的牌風並不壞，但他總還抱著什麼不平。他本來是什麼都容易忘記的，惟獨這一回，卻總以為世風有些可慮；雖然面前的籌碼漸漸增加了，也還不很能夠使他舒適，使他樂觀。

但時移俗易，世風也終究覺得好了起來；不過其時很晚，已經在打完第二圈，他快要湊成「清一色」的時候了。

一九二五年五月一日

孤獨者

忽然，他流下淚來了，接著就失聲，
立刻又變成長嚎，像一匹受傷的狼，
當深夜在曠野中嗥叫，
慘傷裡夾雜著憤怒和悲哀。

1.

我和魏連殳相識一場，回想起來倒也別致，竟是以送殮始，以送殮終。

那時我在S城，就時時聽到人們提起他的名字，都說他很有些古怪，所學的是動物學，卻到中學堂去做歷史教員；對人總是愛理不理的，卻常喜歡管別人的閒事；常說家庭應該破壞，一領薪水卻一定立即寄給他的祖母，一日也不拖延。此外還有許多零碎的話柄，總之，在S城裡也算是一個給人當作談助的人。

有一年的秋天，我在寒石山的一個親戚家裡閒住，他們就姓魏，是連殳的本家。但他們卻更不明白他，彷彿將他當作一個外國人看待，說是「同我們都異樣的」。

這也不足爲奇，中國的興學雖說已經二十年了，寒石山卻連小學也沒有。全山村中，只有連殳是出外遊學的學生，所以從村人看來，他確是一

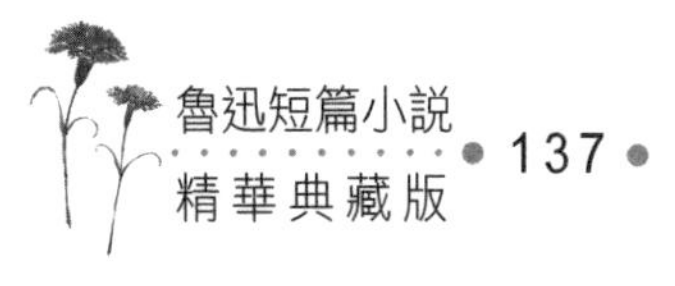

個異類；但也很妒羨，說他掙得許多錢。

到秋末，山村中痢疾流行了，我也自危，就想回到城中去。那時，聽說連殳的祖母就染了病，因爲是老年，所以很沉重，山中又沒有一個醫生。所謂他的家屬者，其實就只有一個這祖母，僱一名女工簡單地過活；他幼小失了父母，就由這祖母撫養成人的。聽說，她先前也曾經吃過許多苦，現在可是安樂了。但因爲他沒有家小，家中究竟非常寂寞，這大概也就是大家所謂異樣之一端罷。

寒石山離城是旱道一百里，水道七十里，專使人叫連殳去，往返至少就得四天。山村僻陋，這些事便算大家都要打聽的大新聞，第二天便轟傳她病勢已經極重，專差也出發了；可是到四更天亮嚥了氣，最後的話是：

「爲什麼不肯給我會一會連殳呢？」

族長、近房、他的祖母的周家的親丁、閒人，聚集了一屋子，預計連殳的到來，應該已是入殮的時候了。壽材壽衣早已做成，都無須籌劃，他們的第一大問題是在怎樣對付這「承重孫」，因爲逆料他關於一切喪葬儀式，是一定要改變新花樣的。

聚議之後，大概商定了三大條件，要他必行。一是穿白，二是跪拜，三是請和尚道士做法事。總而言之，是全都照舊。

他們既經議妥，便約定在連殳到家的那一天，一同聚在廳前，排成陣勢，互相策應，並力作一回極嚴厲的談判。村人們都嚥著唾沫，新奇地聽候消息，他們知道連殳是「吃洋教」的「新黨」，向來就不講什麼道理，兩面的爭鬥，大約總要開始的，或者還會釀成一種出人意外的奇觀。

傳說連殳的到家是下午，一進門，向他祖母的靈前只是彎了一彎腰。族長們便立刻照預定計劃進行，將他叫到大廳上，先說過一大篇冒頭，然後引入本題，而且大家此唱彼和、七嘴八舌，使他得不到辯駁的機會。但終於話都說完了，沉默充滿了全廳，人們全數悚然地緊看著他的嘴。

只見連殳神色也不動，簡單地回答道：「都可以的。」

這又很出於他們的意外，大家的心頭重擔都放下了，但又似乎反加重，覺得太「異樣」，倒很有些可慮似的。打聽新聞的村人們也很失望，口口相傳道：「奇怪！他說『都可以』哩！我們看去罷！」都可以就是照舊，本來是無足觀了，但他們也還要看，黃昏之後，便欣欣然聚滿了一堂前。

我也是去看的一個，先送了一份香燭，待到走到他家，已見連殳在給死者穿衣服了。原來他是一個短小瘦削的人，長方臉，蓬鬆的頭髮和濃黑的鬚眉佔了一臉的小半，只見兩眼在黑氣裡發光。那穿衣也穿得眞好，井井有條，彷彿是一個大殮的專家，使旁觀者不覺嘆服。

寒石山老例，當這些時候，無論如何，母家的親丁是總要挑剔的；他卻只是默默地，遇見怎麼挑剔便怎麼改，神色也不動。站在我前面的一個花白頭髮的老太太，便發出羨慕感嘆的聲音。

其次是拜，其次是哭，凡女人們都唸唸有詞。其次入棺，其次又是拜，又是哭。直到釘好了棺蓋，沉靜了一瞬間，大家忽而擾動了，很有驚異和不滿的形勢。我也不由的突然覺到，連殳就始終沒有落過一滴淚，只坐在草薦上，兩眼在黑氣裡閃閃地發光。

大殮便在這驚異和不滿的空氣裡面完畢。大家都怏怏地，似乎想走散，但連殳卻還坐在草薦上沉思。忽然，他流下淚來了，接著就失聲，立刻又變成長嚎，像一匹受傷的狼，當深夜在曠野中嗥叫，慘傷裡夾雜著憤怒和悲哀。這模樣，是老例上所沒有的，先前也未曾預防到，大家都手足無措了，遲疑了一會，就有幾個人上前去勸止他，愈去愈多，終於擠成一大堆。但他卻只是兀坐著號咷，鐵塔似的動也不動。

大家又只得無趣地散開；他哭著，哭著，約有半點鐘，這才突然停了下來，也不向弔客招呼，逕自往家裡走。接著就有前去窺探的人來報告，他走進他祖母的房裡，躺在床上，而且，似乎就睡熟了。

隔了兩日，是我要動身回城的前一天，便聽到村人都遭了魔似的發議論，說連殳要將所有的器具大半燒給他祖母，餘下的便分贈生時侍奉、死時送終的女工，並且連房屋也要無期地借給她居住了。親戚本家都說到舌敝唇焦，也終於阻擋不住。

恐怕大半也還是因爲好奇心，我歸途中經過他家的門口，便又順便去弔慰。他穿了毛邊的白衣出見，神色也還是那樣，冷冷的。我很勸慰了一番，他卻除了唯唯諾諾之外，只回答了一句話，是：「多謝你的好意。」

2.

我們第三次相見就在這年的冬初，S城的一個書鋪子裡，大家同時點了一點頭，總算是認識了。

但使我們接近起來的，是在這年底我失了職業之後。從此，我便常常訪問連殳去，一則，自然是因爲無聊賴；二則，因爲聽人說，他倒很親近失意的人的，雖然素性這麼冷。但是世事升沉無定，失意人也不會長是失意人，所以他也就很少長久的朋友。

這傳說果然不虛，我一投名片，他便接見了。兩間連通的客廳，並無什麼陳設，不過是桌椅之外，排列些書架，大家雖說他是一個可怕的「新黨」，架上卻不很有新書。他已經知道我失了職業，但套話一說就完，主客便只好默默地相對，逐漸沉悶起來。我只見他很快地吸完一枝煙，煙蒂要燒著手指了，才拋在地面上。

「吸煙罷。」他伸手取第二枝煙時，忽然說。

我便也取了一枝，吸著，講些關於教書和書籍的，但也還覺得沉悶。我正想走時，門外一陣喧嚷和腳步聲，四個男女孩子闖進來了。大的八九歲，小的四五歲，手臉和衣服都很髒，而且醜得可以。但是連殳的眼裡卻即刻發出歡喜的光來了，連忙站起，向客廳間壁的房裡走，一面說道：「大良，二良，都來！你們昨天要的口琴，我已經買來了。」

孩子們便跟著一齊擁進去，立刻又各人吹著一個口琴一擁而出，一出

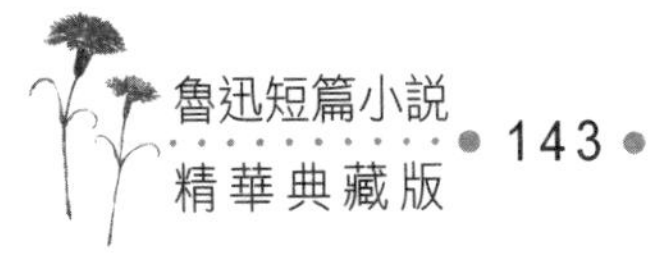

客廳門，不知怎的便打將起來，有一個哭了。

「一人一個，都一樣的。不要爭呵！」他還跟在後面囑咐。

「這麼多的一群孩子都是誰呢？」我問。

「是房主人的。他們都沒有母親，只有一個祖母。」

「房東只一個人嗎？」

「是的。他的妻子大概死了三四年了罷，沒有續娶。否則，便要不肯將餘屋租給我似的單身人。」他說著，冷冷地微笑了。

我很想問他何以至今還是單身，但因爲不很熟，終於不好開口。

只要和連殳一熟識，是很可以談談的；他議論非常多，而且往往頗奇警。使人不耐的倒是他的有些來客，大抵是讀過《沉淪》的罷，時常自命爲「不幸的青年」或是「零餘者」，螃蟹一般懶散而驕傲地堆在大椅子上，一面唉聲嘆氣，一面皺著眉頭吸煙。還有那房主的孩子們，總是互相爭吵，打翻碗碟，硬討點心，亂得人頭昏。

但連殳一見他們，卻再不像平時那樣的冷冷的了，看得比自己的性命還寶貴。聽說有一回，三良發了紅斑痧，竟急得他臉上的黑氣愈見其黑了；不料那病是輕的，於是後來便被孩子們的祖母傳作笑柄。

「孩子總是好的。他們全是天眞……。」他似乎也覺得我有些不耐煩了，有一天特地乘機對我說。

「那也不盡然。」我只是隨便回答他。

「不。大人的壞脾氣，在孩子們是沒有的。後來的壞，如你平日所攻擊的壞，那是環境教壞的。原來卻並不壞，天眞……。我以爲中國的可以希望，只在這一點。」

「不。如果孩子中沒有壞根苗，大起來怎麼會有壞花果？譬如一粒種子，正因爲內中本含有枝葉花果的胚，長大時才能夠發出這些東西來。何嘗是無端？」我因爲閒著無事，便也如大人先生們一下野，就要吃素談禪一樣，正在看佛經。佛理自然是並不懂得的，但竟也不自檢點，一味任意

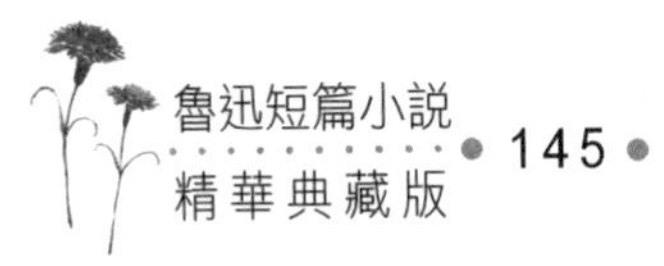

地說。

然而，連殳氣憤了，只看了我一眼，不再開口。我也猜不出他是無話可說呢，還是不屑辯。但見他又顯出許久不見的冷冷的態度來，默默地連吸了兩枝煙，待到他再取第三枝時，我便只好逃走了。

這仇恨是歷了三月之久才消釋的。原因大概是一半因爲忘卻，一半則他自己竟也被「天眞」的孩子所仇視了，於是覺得我對於孩子的冒瀆的話倒也情有可原。但這不過是我的推測，其時是在我的寓裡的酒後，他似乎微露悲哀模樣，半仰著頭道：「想起來眞覺得有些奇怪。我到你這裡來時，街上看見一個很小的小孩，拿了一片蘆葉指著我道：殺！他還不很能走路……」

「這是環境教壞的。」

我即刻很後悔我的話。但他卻似乎並不介意，只竭力地喝酒，其間又竭力地吸煙。

「我倒忘了，還沒有問你，」我便用別的話來支吾：「你是不大訪問人的，怎麼今天有這興致來走走呢？我們相識有一年多了，你到我這裡來卻還是第一回。」

「我正要告訴你呢，你這幾天切莫到我寓裡來看我了。我的寓裡正有很討厭的一大一小在那裡，都不像人！」

「一大一小？這是誰呢？」我有些詫異。

「是我的堂兄和他的小兒子。哈哈，兒子正如老子一般。」

「是上城來看你，帶便玩玩的罷？」

「不。說是來和我商量，就要將這孩子過繼給我的。」

「呵！過繼給你？」我不禁驚叫了：「你不是還沒有娶親嗎？」

「他們知道我不娶的了，但這都沒有什麼關係。他們其實是要過繼給我那一間寒石山的破屋子。我此外一無所有，你是知道的，錢一到手就花完。只有這一間破屋子。他們父子的一生的事業，是在逐出那一個借住著的老女工。」

他那詞氣的冷峭，實在又使我悚然。但我還慰解他說：「我看你的本家也還不至於此。他們不過思想略舊一點罷了。譬如，你那年大哭的時候，他們就都熱心地圍著使勁來勸你……」

「我父親死去之後，因爲奪我屋子，要我在筆據上畫花押，我大哭著的時候，他們也是這樣熱心地圍著使勁來勸我……」他兩眼向上凝視，彷彿要在空中尋出那時的情景來。

「總而言之，關鍵就全在你沒有孩子。你究竟爲什麼老不結婚的呢？」我忽而尋到了轉舵的話，也是久已想問的話，覺得這時是最好的機會了。

他詫異地看看我，過了一會，眼光便移到他自己的膝髁上去了，於是就吸煙，沒有回答。

3.

但是，雖在這一種百無聊賴的境地中，也還不給連殳安住。漸漸地，小報上有匿名人來攻擊他，學界上也常有關於他的流言，可是這已經並非先前似的單是話柄，大概是於他有損的了。我知道這是他近來喜歡發表文章的結果，倒也並不介意。S城人最不願意有人發些沒有顧忌的議論，一有，一定要暗暗地來叮他，這是向來如此的，連殳自己也知道。

但到春天，忽然聽說他已被校長辭退了。這卻使我覺得有些兀突；其實，這也是向來如此的，不過因爲我希望著自己認識的人能夠倖免，所以就以爲兀突罷了，S城人倒並非這一回特別惡。

其時我正忙著自己的生計，一面又在接洽本年秋天到山陽去當教員的事，竟沒有工夫去訪問他。待到有些餘暇的時候，離他被辭退那時大約快有三個月了，可是還沒有發生訪問連殳的意思。

有一天，我路過大街，偶然在舊書攤前停留，卻不禁使我覺到震悚，因爲在那裡陳列著的一部汲古閣初印本《史記索隱》，正是連殳的書。他喜歡書，但不是藏書家，這種本子，在他是算作貴重的善本，非萬不得已不肯輕易變賣的。難道他失業剛才兩三月，就一貧至此嗎？雖然他向來一有錢即隨手散去，沒有什麼貯蓄。

於是我便決意訪問連殳去，順便在街上買了一瓶燒酒，兩包花生米，兩個燻魚頭。他的房門關閉著，叫了兩聲，不見答應。我疑心他睡著了，更加大聲地叫，並且伸手拍著房門。

「出去了罷！」大良們的祖母，那三角眼的胖女人，從對面的窗口探出她花白的頭來了，也大聲說，不耐煩似的。

「哪裡去了呢？」我問。

「哪裡去了？誰知道呢？他能到哪裡去呢？你等著就是，一會兒總會回來的。」

我便推開門走進他的客廳去。真是「一日不見，如隔三秋」，滿眼是凄涼和空空洞洞，不但器具所餘無幾了，連書籍也只剩了在S城絕沒有人會要的幾本洋裝書。屋中間的圓桌還在，先前曾經常常圍繞著憂鬱慷慨的青年、懷才不遇的奇士和骯髒吵鬧的孩子們的，現在卻見得很閒靜，只在面上蒙著一層薄薄的灰塵。我就在桌上放了酒瓶和紙包，拖過一把椅子來，靠桌旁對著房門坐下。

的確不過是「一會兒」，房門一開，一個人悄悄地陰影似的進來了，正是連殳。也許是傍晚之故罷，看去彷彿比先前黑，但神情都還是那樣。

「啊！你在這裡？來得多久了？」他似乎有些喜歡。

「並沒有多久。」我說：「你到哪裡去了？」

「並沒有到哪裡去，不過隨便走走。」

他也拖過椅子來，在桌旁坐下，我們便開始喝燒酒，一面談些關於他的失業的事。但他卻不願意多談這些；他以爲這是意料中的事，也是自己時常遇到的事，無足怪，而且無可談的。他照例只是一意喝燒酒，並且依然發些關於社會和歷史的議論。不知怎地，我此時看見空空的書架，也記起汲古閣初印本的《史記索隱》，忽而感到一種淡漠的孤寂和悲哀。

「你的客廳這麼荒涼……近來客人不多了嗎？」

「沒有了。他們以爲我心境不佳，來也無意味。心境不佳，實在是可以給人們不舒服的。冬天的公園，就沒有人去……」

他連喝兩口酒，默默地想著，突然，仰起臉來看著我問道：「你在圖謀的職業也還是毫無把握罷？」

我雖然明知他已經有些酒意，但也不禁憤然，正想發話，只見他側耳一聽，便抓起一把花生米，出去了。門外是大良們笑嚷的聲音。

但他一出去，孩子們的聲音便寂然，而且似乎都走了。他還追上去，說些話，卻不聽得有回答。他也就陰影似的悄悄地回來，仍將一把花生米放在紙包裡。

「連我的東西也不要吃了。」他低聲，嘲笑似的說。

「連殳，」我很覺得悲涼，卻強裝著微笑，說：「我以爲你太自尋苦惱了。你看得人間太壞……」

他冷冷的笑了一笑。

「我的話還沒有完哩。你對於我們，偶而來訪問你的我們，也以爲因爲閒著無事，所以來你這裡，將你當作消遣的資料的罷？」

「並不。但有時也這樣想，或者尋些談資。」

「那你可錯誤了。人們其實並不這樣。你實在親手造了獨頭繭，將自己裹在裡面了。你應該將世間看得光明些。」我嘆惜著說。

「也許如此罷。但是，你說，那絲是怎麼來的？自然，世上也盡有這樣的人，譬如，我的祖母就是。我雖然沒有分得她的血液，卻也許會繼承她的運命。然而這也沒有什麼要緊，我早已預先一起哭過了……」

我即刻記起他祖母大殮時候的情景來，如在眼前一樣。

「我總不解你那時的大哭……」於是兀突地問了。

「我的祖母入殮的時候罷？是的，你不了解的。」他一面點燈，一面冷靜地說：「你的和我交往，我想，還正因爲那時的哭哩。你不知道，這祖母，是我父親的繼母；他的生母，他三歲時候就死去了。」他想著，默默地喝酒，吃完了一個燻魚頭。

「那些往事，我原是不知道的。只是我從小時候就覺得不可解。那時我的父親還在，家景也還好，正月間一定要懸掛祖像，盛大地供養起來。看著這許多盛裝的畫像，在我那時似乎是不可多得的眼福。但那時，抱著我的一個女工總指了一幅像說：『這是你自己的祖母。拜拜罷，保佑你生龍活虎似的大得快。』我眞不懂得我明明有著一個祖母，怎麼又會有什麼『自己的祖母』來。可是我愛這『自己的祖母』，她不比家裡的祖母一般老；她年輕、好看，穿著描金的紅衣服，戴著珠冠，和我母親的像差不多。我看她時，她的眼睛也注視我，而且口角上漸漸增多了笑影；我知道她一定也是極其愛我的。」

「然而我也愛那家裡的，終日坐在窗下慢慢地做針線的祖母。雖然無論我怎樣高興地在她面前玩笑、叫她，也不能引她歡笑，常使我覺得冷冷地，和別人的祖母們有些不同。但我還愛她。可是到後來，我逐漸疏遠她了；這也並非因爲年紀大了，已經知道她不是我父親的生母的緣故，倒是看久了終日終年的做針線，機器似的，自然免不了要發煩。但她卻還是先前一樣，做針線、管理我，也愛護我，雖然少見笑容，卻也不加呵斥。直到我父親去世，還是這樣。後來呢，我們幾乎全靠她做針線過活了，自然更這樣，直到我進學堂……」

燈火消沉下去了，煤油已經將涸，他便站起，從書架下摸出一個小小的洋鐵壺來添煤油。

「只這一月裡，煤油已經漲價兩次了……」他旋好了燈頭，慢慢地說：「生活要日見困難起來。她後來還是這樣，直到我畢業，有了事做，生活比先前安定些；恐怕還直到她生病，實在打熬不住了，只得躺下的時候罷……」

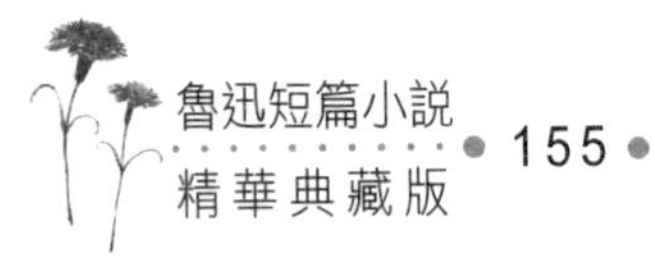

「她的晚年，據我想，是總算不很辛苦的，享壽也不小了，正無須我來下淚。況且哭的人不是多著嗎？連先前竭力欺凌她的人們也哭，至少是臉上很慘然。哈哈！……可是我那時不知怎地，將她的一生縮在眼前了，親手造成孤獨，又放在嘴裡去咀嚼的人的一生。而且覺得這樣的人還很多哩。這些人們，就使我要痛哭，但大半也還是因爲我那時太過於感情用事……」

「你現在對於我的意見，就是我先前對於她的意見。然而我的那時的意見，其實也不對的。便是我自己，從略知世事起，就的確逐漸和她疏遠起來了……」

他沉默了，指間夾著煙捲，低了頭，想著。燈火在微微地發抖。

「呵，人要使死後沒有一個人爲他哭，是不容易的事呵。」他自言自語似的說，略略一停，便仰起臉來向我道：「想來你也無法可想。我也還得趕緊尋點事情做……」

「你再沒有可託的朋友了嗎？」我這時正是無法可想，連自己。

「那倒大概還有幾個的，可是他們的境遇都和我差不多……」

我辭別連殳出門的時候，圓月已經升在中天了，是極靜的夜。

4.

山陽的教育事業的狀況很不佳。我到校兩月，得不到一文薪水，只得連煙捲也節省起來。但是學校裡的人們，雖是月薪十五六元的小職員，也沒有一個不是樂天知命的，仗著逐漸打熬成功的鋼筋鐵骨，面黃肌瘦地從早辦公一直到夜，其間看見名位較高的人物，還得恭恭敬敬地站起，實在都是不必「衣食足而知禮節」的人民。我每看見這情狀，不知怎的總記起連殳臨別託付我的話來。

他那時生計更其不堪了，窘相時時顯露，看去似乎已沒有往時的深沉，知道我就要動身，深夜來訪，遲疑了許久，才吞吞吐吐地說道：「不知道那邊可有法子想？便是抄寫，一月二三十塊錢的也可以的。我……」

我很詫異了，還不料他竟肯這樣的遷就，一時說不出話來。

「我……我還得活幾天……」

「那邊去看一看，一定竭力去設法罷。」

這是我當日一口承當的答話，後來常常自己聽見，眼前也同時浮出連殳的相貌，而且吞吞吐吐地說道「我還得活幾天」。到這些時，我便設法向各處推薦一番，但有什麼效驗呢？事少人多，結果是別人給我幾句抱歉的話，我就給他幾句抱歉的信。

到一學期將完的時候，那情形就更加壞了起來。那地方的幾個紳士所辦的《學理周報》上，竟開始攻擊我了，自然是決不指名的，但措辭很巧妙，使人一見就覺得我是在挑剔學潮，連推薦連殳的事，也算是呼朋引類。

我只好一動不動，除上課之外，便關起門來躲著，有時連煙捲的煙鑽出窗隙去，也怕犯了挑剔學潮的嫌疑；連殳的事，自然更是無從說起了。

這樣地一直到深冬。

下了一天雪，到夜還沒有止，屋外一切靜極，靜到要聽出靜的聲音來。我在小小的燈火光中，閉目枯坐，如見雪花片片飄墜，來增補這一望無際的雪堆；故鄉也準備過年了，人們忙得很，我自己還是一個兒童，在後園的平坦處和一伙小朋友塑雪羅漢。雪羅漢的眼睛是用兩塊小炭嵌出來的，顏色很黑，這一閃動，便變了連殳的眼睛。

「我還得活幾天！」仍是這樣的聲音。

「爲什麼呢？」我無端地這樣問，立刻連自己也覺得可笑了。

這可笑的問題使我清醒，坐直了身子，點起一枝煙捲來；推窗一望，雪果然了得更大了。聽得有人叩門，不一會，一個人走進來，但是聽熟的客寓雜役的腳步。他推開我的房門，交給我一封六寸多長的信，字跡很潦草，然而一瞥便認出「魏緘」兩個字，是連殳寄來的。

這是從我離開S城以後他給我的第一封信。我知道他疏懶，本不以杳無消息爲奇，但有時也頗怨他不給一點消息。待到接了這信，可又無端地覺得奇怪了，慌忙拆開來。裡面也用了一樣潦草的字體，寫著這樣的話：

申飛……

我稱你什麼呢？我空著。你自己願意稱什麼，你自己添上去罷。我都可以的。

別後共得三信，沒有覆。這原因很簡單：我連買郵票的錢也沒有。

你或者願意知道些我的消息，現在簡直告訴你罷：我失敗了。先前，我自以為是失敗者，現在知道那並不，現在才真是失敗者了。先前，還有人願意我活幾天，我自己也還想活幾天的時候，活不下去；現在，大可以無須了，然而要活下去……

然而就活下去嗎？

願意我活幾天的，自己就活不下去。這人已被敵人誘殺了。誰殺的呢？誰也不知道。

人生的變化多麼迅速呵！這半年來，我幾乎求乞了，實際，也可以算得已經求乞。然而我還有所為，我願意為此求乞，為此凍餒，為此寂寞，為此辛苦，但滅亡是不願意的。你看，有一個願意我活幾天的，那力量就這麼大。然而現在是沒有了，連這一個也沒有了。同時，我自己也覺得不配活下去；別人呢？也不配的。同時，我自己又覺得偏要為不願意我活下去的人們而活下去；好在願意我好好地活下去的已經沒有了，再沒有誰痛心。使這樣的人痛心，我是不願意的。然而現在是沒有了，連這一個也沒有了。快活極了，舒服極了；我已經躬行我先前所憎惡、所反對的一切，拒斥我先前所崇仰、所主張的一切了。我已經真的失敗，然而我勝利了。

你以為我發了瘋嗎？你以為我成了英雄或偉人了嗎？不，不的。這事情很簡單；我近來已經做了杜師長的顧問，每月的薪水就有現洋八十元了。

申飛……你將以我為什麼東西呢，你自己定就是，我都可以的。

你大約還記得我舊時的客廳罷，我們在城中初見和將別時候的客廳。

現在我還用著這客廳。這裡有新的賓客，新的餽贈，新的頌揚，新的鑽營，新的磕頭和打拱，新的打牌和猜拳，新的冷眼和惡心，新的失眠和吐血……

你前信說你教書很不如意。你願意也做顧問嗎？可以告訴我，我給你辦。其實是做門房也不妨，一樣地有新的賓客和新的餽贈，新的頌揚……

我這裡下大雪了。你那裡怎樣？現在已是深夜，吐了兩口血，使我清醒起來。記得你竟從秋天以來陸續給了我三封信，這是怎樣的可以驚異的事呵。我必須寄給你一點消息，你或者不至於倒抽一口冷氣罷。

此後，我大約不再寫信的了，我這習慣是你早已知道的。何時回來呢？倘早，當能相見。但我想，我們大概究竟不是一路的；那麼，請你忘記我罷。我從我的真心感謝你先前常替我籌劃生計。但是現在忘記我罷，我現在已經『好』了。

連殳　十二月十四日

這雖然並不使我「倒抽一口冷氣」，但草草一看之後，又細看了一遍，卻總有些不舒服，而同時可又夾雜些快意和高興；又想，他的生計總算已經不成問題，我的擔子也可以放下了，雖然在我這一面始終不過是無法可想。忽而又想寫一封信回答他，但又覺得沒有話說，於是這意思也立即消失了。

我的確漸漸地在忘卻他。在我的記憶中，他的面貌也不再時常出現。但得信之後不到十天，S城的學理七日報社忽然接續著郵寄他們的《學理七日報》來了。我是不大看這些東西的，不過既經寄到，也就隨手翻翻。這卻使我記起連殳來，因爲裡面常有關於他的詩文，如《雪夜謁連殳先生》、《連殳顧問高齋雅集》等等；有一回，《學理閒譚》裡還津津地敘述他先前所被傳爲笑柄的事，稱作「逸聞」，言外大有「且夫非常之人，必能行非常之事」的意思。

不知怎地，雖然因此記起，但他的面貌卻總是逐漸模糊，然而又似乎和我更加密切起來，往往無端感到一種連自己也莫名其妙的不安和極輕微的震顫。幸而到了秋季，這《學理七日報》就不寄來了。山陽的《學理周刊》上卻又按期登起一篇長論文：《流言即事實論》，裡面還說，關於某君們的流言，已在公正士紳間盛傳了。這是專指幾個人的，有我在內；我只好極小心，照例連吸煙捲的煙也謹防飛散。小心是一種忙的苦痛，因此會百事俱廢，自然地無暇記得連殳。總之，我其實已經將他忘卻了。

但我也終於敷衍不到暑假，五月底，便離開了山陽。

5.

從山陽到歷城，又到太谷，一總轉了大半年，終於尋不出什麼事情做，我便又決計回S城去了。到時是春初的下午，天氣欲雨不雨，一切都罩在灰色中；舊寓裡還有空房，仍然住了。

在道上，就想起連殳的了，到後，便決定晚飯後去看他。我提著兩包聞喜名產的煮餅，走了許多潮濕的路，讓道給許多攔路高臥的狗，這才總算到了連殳的門前。

裡面彷彿特別明亮似的。我想，一做顧問，連寓裡也格外光亮起來了，不覺在暗中一笑。但仰面一看，門旁卻白白的，分明貼著一張斜角紙。我又想，大良們的祖母死了罷，同時也跨進門，一直向裡面走。

微光所照的院子裡，放著一具棺材，旁邊站一個穿軍衣的兵或是馬弁，還有一個和他談話的，看時卻是大良的祖母；另外還閒站著幾個短衣的粗人。我的心即刻跳起來了，她也轉過臉來凝視我。

「啊呀！您回來了？何不早兩天……」她忽而大叫起來。

「誰……誰沒有了？」我其實是已經大概知道了，但還是問。

「魏大人，前天沒有的。」

我四顧，客廳裡暗沉沉的，大約只有一盞燈；正屋裡卻掛著白的孝幃，幾個孩子聚在屋外，就是大良二良們。

「他停在那裡，」大良的祖母走向前，指著說：「魏大人恭喜之後，我把正屋也租給他了，他現在就停在那裡。」

孝幃上沒有別的，前面是一張條桌、一張方桌；方桌上擺著十來碗飯菜。我剛跨進門，當面忽然現出兩個穿白長衫的來攔住了，瞪了死魚似的眼睛，從中發出驚疑的光來，盯住了我的臉。

我慌忙說明我和連殳的關係，大良的祖母也來從旁證實，他們的手和眼光這才逐漸弛緩下去，默許我近前去鞠躬。

我一鞠躬，地下忽然有人嗚嗚的哭起來了，定神看時，一個十多歲的孩子伏在草薦上，也是白衣服，頭髮剪得很光的頭上還絡著一大綹苧麻絲。

我和他們寒暄後，知道一個是連殳的從堂兄弟，要算最親的了；一個是遠房侄子。我請求看一看故人，他們卻竭力攔阻，說是「不敢當」的。

然而終於被我說服了，將孝幃揭起。

這回我會見了死的連殳。但是奇怪！他雖然穿一套縐的短衫褲，大襟上還有血跡，臉上也瘦削得不堪，然而面目都還是先前那樣的面目，寧願地閉著嘴，合著眼，睡著似的，幾乎要使我伸手到他鼻子前面，去試探他可是其實還在呼吸著。

一切是死一般靜，死的人和活的人。我退開了，他的從堂兄弟卻又來周旋，說「舍弟」正在年富力強、前程無限的時候，竟遽爾「作古」了，這不但是「衰宗」不幸，也太使朋友傷心。言外頗有替連殳道歉之意；這樣地能說，在山鄉中人是少有的。但此後也就沉默了，一切是死一般靜，死的人和活的人。

我覺得很無聊，怎樣的悲哀倒沒有，便返到院子裡，和大良們的祖母閒談起來。知道入殮的時候是臨近了，只待壽衣送到；釘棺材釘時，「子午卯酉」四生肖是必須躲避的。她談得高興了，說話滔滔地泉流似的湧出，說到他的痛狀，說到他生時的情景，也帶些關於他的批評。

「你可知道魏大人自從交運之後，人就和先前兩樣了，臉也抬高起來，氣昂昂的。對人也不再先前那麼迂。你知道，他先前不是像一個啞子，見我是叫老太太的嗎？後來就叫『老傢伙』。唉唉，眞是有趣。人送他仙居術，他自己是不吃的，就摔在院子裡——就是這地方，叫道：『老傢伙，妳吃去罷。』他交運之後，人來人往，我把正屋也讓給他住了，自己便搬在這廂房裡。他也眞是一走紅運，就與衆不同，我們就常常這樣說笑。要是你早來一個月，還趕得上看這裡的熱鬧，三日兩頭的猜拳行令，說的說，笑的笑，唱的唱，做詩的做詩，打牌的打牌……」

「他先前怕孩子們，比孩子們見老子還怕，總是低聲下氣的。近來可也兩樣了，能說能鬧，我們的大良們也很喜歡和他玩，一有空，便都到他的屋裡去。他也用種種方法逗著玩；要他買東西，他就要孩子裝一聲狗叫，或者磕一個響頭。哈哈，眞是過得熱鬧。前兩月二良要他買鞋，還磕了三個響頭哩，哪，現在還穿著，沒有破呢！」

一個穿白長衫的人出來了，她就住了口。

我打聽連殳的病症，她卻不大清楚，只說：「大約是早已瘦了下去的罷，可是誰也沒理會，因為他總是高高興興的。到一個多月前，這才聽到他吐過幾回血，但似乎也沒有看醫生；後來躺倒了，死去的前三天，就啞了喉嚨，說不出一句話。十三大人從寒石山路遠迢迢地上城來，問他可有存款，他一聲也不響。十三大人疑心他裝出來的，也有人說，有些生癆病死的人是要說不出話來的，誰知道呢……」

「可是魏大人的脾氣也太古怪，」她忽然低聲說：「他就不肯積蓄一點，水似的花錢。十三大人還疑心我們得了什麼好處。有什麼屁好處呢？他就冤裡冤枉、糊裡糊塗地花掉了。譬如買東西，今天買進，明天又賣出、弄破，眞不知道是怎麼一回事。待到死了下來，什麼也沒有，都糟掉了。要不然，今天也不至於這樣地冷靜……」

「他就是胡鬧，不想辦一點正經事。我是想到過的，也勸過他。這麼年紀了，應該成家。照現在的樣子，結一門親很容易；如果沒有門當戶對的，先買幾個姨太太也可以，人是總應該像個樣子的。可是他一聽到就笑起來，說道：『老傢伙，妳還是總替別人惦記著這等事嗎？』你看，他近來就浮而不實，不把人的好話當好話聽。要是早聽了我的話，現在何至於獨自冷清清地在陰間摸索，至少，也可以聽到幾聲親人的哭聲……」

一個店伙背了衣服來了。三個親人便撿出裡衣，走進幃後去。不多久，孝幃揭起了，裡衣已經換好，接著是加外衣。這很出我意外，一條土黃的軍褲穿上了，嵌著很寬的紅條，其次穿上去的是軍衣，金閃閃的肩章，也不知道是什麼品級，哪裡來的品級。到入棺，是連殳很不妥貼地躺著，腳邊放一雙黃皮鞋，腰邊放一柄紙糊的指揮刀，骨瘦如柴的灰黑的臉旁，是一頂金邊的軍帽。

三個親人扶著棺沿哭了一場；止哭拭淚，頭上絡麻線的孩子退出去了，三良也避去，大約都是屬「子午卯酉」之一的。

粗人扛起棺蓋來，我走近去最後看一看永別的連殳。

他在不妥貼的衣冠中，安靜地躺著，合了眼，閉著嘴，口角間彷彿含著冰冷的微笑，冷笑著這可笑的死屍。

敲釘的聲音一響，哭聲也同時迸出來。這哭聲使我不能聽完，只好返到院子裡；順腳一走，不覺出了大門了。潮濕的路極其分明，仰看天空，濃雲已經散去，掛著一輪圓月，散出冷靜的光輝。

我快步走著，彷彿要從一種沉重的東西中衝出，但是不能夠。耳朵中有什麼掙扎著，久之，久之，終於掙扎出來了，隱約像是長嗥，像一匹傷的狼，當深夜在曠野中嗥叫，傷裡夾雜著憤怒和悲哀。

我的心地就輕鬆起來，坦然地在潮濕的石路上走，月光底下。

一九二五年十月十七日畢

傷逝

我願意真有所謂鬼魂，真有所謂地獄，
那麼，即便在孽風怒吼之中，
我也將尋覓子君，
當面說出我的悔恨和悲哀，祈求她的饒恕；
否則，地獄的毒燄將圍繞我，
猛烈地燒盡我的悔恨和悲哀……

如果我能夠，我要寫下我的悔恨和悲哀，爲子君，爲自己。

會館裡的被遺忘在偏僻裡的破屋是這樣的寂靜和空虛。時光過得眞快，我愛子君，仗著她逃出這寂靜和空虛，已經滿一年了。事情又這麼不湊巧，我重來時，偏偏空著的又只有這一間屋。

依然是這樣的破窗，這樣的窗外的半枯的槐樹和老紫藤，這樣的窗前的方桌，這樣的敗壁，這樣的靠壁的板床。

深夜中獨自躺在床上，就如我未曾和子君同居以前一般，過去一年中的時光全被消滅，全未有過，我並沒有曾經從這破屋子搬出，在吉兆胡同創立了滿懷希望的小小的家庭。

不但如此，在一年之前，這寂靜和空虛是並不這樣的，常常含著期待，期待子君的到來。

在久待的焦躁中，一聽到皮鞋的高底尖觸著磚路的清響，是怎樣地使我驟然生動起來呵！於是就看見帶著笑渦的蒼白的圓臉，蒼白的瘦的臂

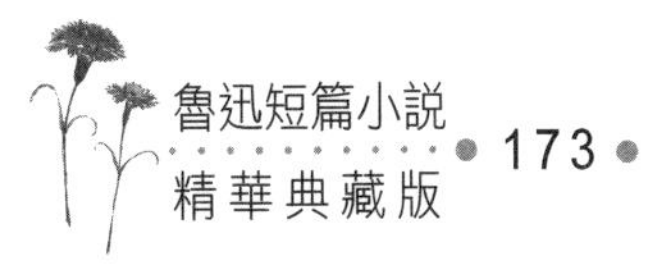

膊，布的有條紋的衫子，玄色的裙。她又帶了窗外的半枯的槐樹的新葉來，使我看見，還有掛在鐵似的老杆上的一房一房的紫白的藤花。

然而現在呢，只有寂靜和空虛依舊，子君卻絕不再來了，而且永遠，永遠地！……

子君不在我這破屋裡時，我什麼也看不見。在百無聊賴中，隨手抓過一本書來，科學也好，文學也好，橫豎什麼都一樣了看下去，看下去，忽而自己覺得，已經翻了十多頁了，但是毫不記得書上所說的事。只是耳朵卻分外地靈，彷彿聽到大門外一切往來的履聲，從中便有子君的，而且橐橐地逐漸臨近，但是，往往又逐漸渺茫，終於消失在別的步聲的雜沓中了。我憎惡那不像子君鞋聲的穿布底鞋的長班的兒子，我憎惡那太像子君鞋聲的常常穿著新皮鞋的鄰院的搽雪花膏的小東西！

莫非她翻了車嗎？莫非她被電車撞傷了嗎？……

我便要取了帽子去看她，然而她的胞叔就曾經當面罵過我。

驀然，她的鞋聲近來了，一步響於一步，迎出去時，卻已經走過紫藤棚下，臉上帶著微笑的酒渦。她在她叔子的家裡大約並未受氣，我的心寧貼了，默默地相視片時之後，破屋裡便漸漸充滿了我的語聲，談家庭專制，談打破舊習慣，談男女平等，談伊孛生，談泰戈爾，談雪萊……。她總是微笑點頭，兩眼裡瀰漫著稚氣的好奇的光澤。

壁上就釘著一張銅板的雪萊半身像，是從雜誌上裁下來的，是他的最美的一張像。當我指給她看時，她卻只草草一看，便低了頭，似乎不好意思了。

這些地方，子君就大概還未脫盡舊思想的束縛——我後來也想，倒不如換一張雪萊淹死在海裡的紀念像或是伊孛生的罷，但也終於沒有換，現在是連這一張也不知哪裡去了。

「我是我自己的，他們誰也沒有干涉我的權利！」

這是我們交際了半年，又談起她在這裡的胞叔和在家的父親時，她默想了一會之後，分明地、堅決地、沉靜地說了出來的話。其時是我已經說盡了我的意見、我的身世、我的缺點，很少隱瞞，她也完全了解的了。

這幾句話很震動了我的靈魂，此後許多天還在耳中發響，而且說不出的狂喜，知道中國女性，並不如厭世家所說那樣的無法可施，在不遠的將來，便要看見輝煌的曙色的。

送她出門，照例是相離十多步遠，照例是那鮎魚鬚的老東西的臉又緊貼在髒的窗玻璃上了，連鼻尖都擠成一個小平面；到外院，照例又是明晃晃的玻璃窗裡的那小東西的臉，加厚的雪花膏。她目不邪視地驕傲地走了，沒有看見；我驕傲地回來。

「我是我自己的，他們誰也沒有干涉我的權利！」

這徹底的思想就在她的腦裡，比我還透澈、堅強得多。半瓶雪花膏和鼻尖的小平面，於她能算什麼東西呢？

我已經記不清那時怎樣地將我的純眞熱烈的愛表示給她。豈但現在，那時的事後便已模糊，夜間回想，早只剩了一些斷片了；同居以後一兩月，便連這些斷片也化作無可追蹤的夢影。

我只記得那時以前的十幾天，曾經很仔細地研究過表示的態度，排列過措辭的先後，以及倘或遭了拒絕以後的情形。可是臨時似乎都無用，在慌張中，身不由己地竟用了在電影上見過的方法了。後來一想到，就使我很愧恧，但在記憶上都偏只有這一點永遠留遺，至今還如暗室的孤燈一般，照見我含淚握看她的手，一條腿跪了下去……

不但我自己的，便是子君的言語舉動，我那時就沒有看得分明，僅知道她已經允許我了。但也還彷彿記得她臉色變成青白，後來又漸漸轉作緋紅——沒有見過，也沒有再見的緋紅；孩子似的眼裡射出悲喜，但是夾著驚疑的光，雖然力避我的視線，張惶地似乎要破窗飛去。然而我知道她已經允許我了，沒有知道她怎樣說或是沒有說。

她卻是什麼都記得。我的言辭，竟至於讀熟了的一般，能夠滔滔背誦；我的舉動，就如有一張我所看不見的影片掛在眼下，敘述得如生，很細微，自然連那使我不願再想的淺薄的電影的一閃。夜闌人靜，是相對溫習的時候了，我常是被質問、被考驗，並且被命複述當時的言語，然而常須由她補足，由她糾正，像一個丁等的學生。

這溫習後來也漸漸稀疏起來。但我只要看見她兩眼注視空中，出神似的凝想著，於是神色越加柔和，笑渦也深下去，便知道她又在自修舊課了，只是我很怕她看到我那可笑的電影的一閃。但我又知道，她一定要看見，而且也非看不可的。

然而她並不覺得可笑。即使我自己以為可笑，甚而至於可鄙的，她也毫不以為可笑。這事我知道得很清楚，因為她愛我，是這樣地熱烈，這樣地純眞。

去年的暮春是最爲幸福，也是最爲忙碌的時光。我的心平靜下去了，但又有別一部分和身體一同忙碌起來。我們這時才在路上同行，也到過幾回公園，最多的是尋住所。我覺得在路上時時遇到探索、譏笑、猥褻和輕蔑的眼光，一不小心，便使我的全身有些瑟縮，只得即刻提起我的驕傲和反抗來支持。她卻是大無畏的，對於這些全不關心，只是鎮靜地緩緩前行，坦然如入無人之境。

尋住所實在不是容易事，大半是被托辭拒絕，小半是我們以爲不相宜。起先我們選擇得很苛酷——也非苛酷，因爲看去大抵不像是我們的安身之所；後來，便只要他們能相容了。

看了二十多處，這才得到可以暫且敷衍的處所，是吉兆胡同一所小屋裡的兩間南屋；主人是一個小官，然而倒是明白人，自住著正屋和廂房。他只有夫人和一個不到週歲的女孩子，僱一個鄉下的女工，只要孩子不啼哭，是極其安閒幽靜的。

我們的家具很簡單，但已經用去了我的籌來的款子的大半，子君還賣掉了她唯一的金戒指和耳環。我攔阻她，還是定要賣，我也就不再堅持下去了；我知道不給她加入一點股份去，她是住不舒服的。

和她的叔子，她早經鬧開，至於使他氣憤到不再認她做侄女；我也陸續和幾個自以爲忠告，其實是替我膽怯，或者竟是嫉妒的朋友絕了交。

然而這倒很清靜。每日辦公散後，雖然已近黃昏，車夫又一定走得這樣慢，但究竟還有二人相對的時候。

我們先是沉默的相視，接著是放懷而親密的交談，後來又是沉默。大家低頭沉思著，卻並未想著什麼事。我也漸漸清醒地讀遍了她的身體、她的靈魂，不過三星期，我似乎於她已經更加了解，揭去許多先前以爲了解而現在看來卻是隔膜，即所謂眞的隔膜了。

子君也逐日活潑起來。但她並不愛花，我在廟會時買來的兩盆小草花，四天不澆，枯死在壁角了，我又沒有照顧一切的閒暇。然而她愛動物，也許是從官太太那裡傳染的罷，不一月，我們的眷屬便驟然加得很多，四隻小油雞，在院子裡和房主人的十多隻在一同走。但她們卻認識雞的相貌，各知道哪一隻是自家的。

還有一隻花白的叭兒狗，從廟會買來，記得似乎原有名字，子君卻給牠起了一個，叫作阿隨，但我不喜歡這名字。

這是眞的，愛情必須時時更新、生長、創造。我和子君說起這，她也領會地點點頭。

唉唉，那是怎樣的寧靜而幸福的夜呵！

安寧和幸福是要凝固的，永久是這樣的安寧和幸福。我們在會館裡時，還遇有議論的衝突和意思的誤會，自從到吉兆胡同以來，連這一點也沒有了；我們只在燈下對坐的懷舊譚中，回味那時衝突以後的和解的重生一般的樂趣。

子君竟胖了起來，臉色也紅活了，可惜的是忙。管了家務便連談天的工夫也沒有，何況讀書和散步。我們常說，我們總還得僱一個女工。

這就使我也一樣地不快活，傍晚回來，常見她包藏著不快活的顏色，尤其使我不樂的是她要裝作勉強的笑容。幸而探聽出來了，也還是和那小官太太的暗鬥，導火線便是兩家的小油雞。但又何必硬不告訴我呢？人總該有一個獨立的家庭。這樣的處所，是不能居住的。

我的路也鑄定了，每星期中的六天，是由家到局，又由局到家。在局裡便坐在辦公桌前抄，抄，抄些公文和信件；在家裡是和她相對或幫她生白爐子，煮飯，蒸饅頭。我的學會了煮飯，就在這時候。

但我的食品卻比在會館裡時好得多了。做菜雖不是子君的特長，然而她於此卻傾注著全力；對於她的日夜的操心，使我也不能不一同操心，來算作分甘共苦。況且她又這樣地終日汗流滿面，短髮都粘在腦額上，

兩隻手又只是這樣地粗糙起來。

況且還要飼阿隨，飼油雞……都是非她不可的工作。

我曾經忠告她：我不吃，倒也罷了，卻萬不可這樣地操勞。她只看了我一眼，不開口，神色卻似乎有點淒然；我也只好不開口。然而她還是這樣的操勞。

我所預期的打擊果然到來。雙十節的前一晚，我呆坐著，她在洗碗。聽到打門聲，我去開門時，是局裡的信差，交給我一張油印的紙條。我就有些料到了，到燈下去一看，果然，印著的就是——

奉

局長諭史涓生著毋庸到局辦事

秘書處啟 十月九號

這在會館裡時，我就早已料到了；那雪花膏便是局長的兒子的賭友，一定要去添些謠言，設法報告的。到現在才發生效驗，已經要算是很晚的了。其實這在我不能算是一個打擊，因爲我早就決定，可以給別人去抄寫，或者教讀，或者雖然費力，也還可以譯點書，況且《自由之友》的總編輯便是見過幾次的熟人，兩月前還通過信。但我的心卻跳躍著，那麼一個無畏的子君也變了色，尤其使我痛心；她近來似乎也較爲怯弱了。

「那算什麼。哼，我們幹新的。我們……」她說。

她的話沒有說完，不知怎地，那聲音在我聽去卻只是浮浮的，燈光也覺得格外黯淡。

人們眞是可笑的動物，一點極微末的小事情，便會受著很深的影響。我們先是默默地相視，逐漸商量起來，終於決定將現有的錢竭力節省，一面登「小廣告」去尋求抄寫和教讀，一面寫信給《自由之友》的總編輯，說明我目下的遭遇，請他收用我的譯本，給我幫一點艱辛時候的忙。

「說做，就做罷！來開一條新的路！」

我立刻轉身向了書案，推開盛香油的瓶子和醋碟，子君便送過那黯淡的燈來。我先擬廣告，其次是選定可譯的書，遷移以來未曾翻閱過，每本的頭上都滿漫著灰塵了；最後才寫信。

我很費躊躕，不知道怎樣措辭好，當停筆凝思的時候，轉眼去一瞥她的臉，在昏暗的燈光下，又很見得淒然。我眞不料這樣微細的小事情，竟會給堅決的、無畏的子君以這麼顯著的變化。

她近來實在變得很怯弱了，但也並不是今夜才開始的。我的心因此更繚亂，忽然有安寧的生活的影像——會館裡的破屋的寂靜，在眼前一閃，剛剛想定睛凝視，卻又看見了昏暗的燈光。

許久之後，信也寫成了，是一封頗長的信，很覺得疲勞，彷彿近來自己也較爲怯弱了。於是我們決定，廣告和發信，就在明日一同實行。大家不約而同地伸直了腰肢，在無言中，似乎又都感到彼此的堅忍倔強的精神，還看見重新萌芽起來的將來的希望。

外來的打擊其實倒是振作了我們的新精神。局裡的生活，原如鳥販子手裡的禽鳥一般，僅有一點小米維繫殘生，決不會肥胖；日子一久，只落得麻痹了翅子，即使放出籠外，早已不能奮飛。現在總算脫出這牢籠了，我從此要在新的開闊的天空中翱翔，趁我還未忘卻了我的翅子的扇動。

小廣告是一時自然不會發生效力的，但譯書也不是容易事，先前看過，以爲已經懂得的，一動手，卻疑難百出了，進行得很慢。然而我決計努力地做，一本半新的字典，不到半月，邊上便有了一大片烏黑的指痕，這就證明著我的工作的切實。《自由之友》的總編輯曾經說過，他的刊物是絕不會埋沒好稿子的。

可惜的是我沒有一間靜室，子君又沒有先前那麼幽靜，善於體貼了，屋子裡總是散亂著碗碟，瀰漫著煤煙，使人不能安心做事，但是這自然還只能怨我自己無力置一間書齋。然而又加以阿隨，加以油雞們。加以油雞們又大起來了，更容易成爲兩家爭吵的引線。

加以每日的「川流不息」的吃飯；子君的功業，彷彿就完全建立在這吃飯中。吃了籌錢，籌來吃飯，還要餵阿隨，飼油雞；她似乎將先前所知道的全都忘掉了，也不想到我的構思就常常爲了這催促吃飯而打斷。即使在座中給看一點怒色，她總是不改變，仍然毫無感觸似的大嚼起來。

使她明白了我的作工不能受規定的吃飯束縛，就費去五星期。她明白之後，大約很不高興罷，可是沒有說。

我的工作果然從此較爲迅速地進行，不久就共譯了五萬言，只要潤色一回，便可以和做好的兩篇小品，一同寄給《自由之友》去。

只是吃飯卻依然給我苦惱。菜冷，是無妨的，然而竟不夠；有時連飯也不夠，雖然我因爲終日坐在家裡用腦，飯量已經比先前要減少得多。這是先去餵了阿隨了，有時還並那近來連自己也輕易不吃的羊肉。她說，阿隨實在瘦得太可憐，房東太太還因此嗤笑我們了，她受不住這樣的奚落。

於是吃我殘飯的便只有油雞們。這是我積久才看出來的，但同時也如赫胥黎的論定「人類在宇宙間的位置」一般，自覺了我在這裡的位置，不過是叭兒狗和油雞之間。

後來，經多次的抗爭和催逼，油雞們也逐漸成爲餚饌，我們和阿隨都享用了十多日的鮮肥；可是其實都很瘦，因爲牠們早已每日只能得到幾粒高粱了。從此便清靜得多，只有子君很頹唐，似乎常覺得悽苦和無聊，至於不大願意開口。我想，人是多麼容易改變呵！

但是阿隨也將留不住了。我們已經不能有希望從什麼地方會有來信，子君也早沒有一點食物可以引牠打拱或直立起來。冬季又逼近得這麼快，火爐就要成爲很大的問題；牠的食量，在我們其實早是一個極易覺得的很重的負擔。於是連牠也留不住了。

倘使插了草標到廟市去出賣，也許能得幾文錢罷，然而我們都不能，也不願這樣做。終於是用包袱蒙著頭，由我帶到西郊去放掉了，還要追上來，便推在一個並不很深的土坑裡。

我一回寓，覺得又清靜得多多了，但子君的悽慘的神色，卻使我很吃驚。那是沒有見過的神色，自然是爲阿隨。但又何至於此呢？我還沒有說起推在土坑裡的事。

到夜間，在她的悽慘的神色中，加上冰冷的分子了。

「奇怪。子君，妳怎麼今天這樣兒了？」我忍不住問。

「什麼？」她連看也不看我。

「妳的臉色……」

「沒有什麼，什麼也沒有。」

我終於從她言動上看出，她大概已經認定我是一個忍心的人。

其實，我一個人是容易生活的，雖然因爲驕傲，向來不與世交來往，遷居以後，也疏遠了所有舊識的人，然而只要能遠走高飛，生路還寬廣得很。現在忍受著這生活壓迫的苦痛，大半倒是爲她，便是放掉阿隨也何嘗不如此。但子君的識見卻似乎只是淺薄起來，竟至於連這一點也想不到了。

我揀了一個機會，將這些道理暗示她，她領會似的點頭。然而看她後來的情形，她是沒有懂，或者是並不相信的。

天氣的冷和神情的冷，逼迫我不能在家庭中安身，但是往哪裡去呢？大道上，公園裡，雖然沒有冰冷的神情，冷風究竟也刺得人皮膚欲裂。我終於在通俗圖書館裡覓得了我的天堂。

那裡無須買票，閱書室裡又裝著兩個鐵火爐。縱使不過是燒著不死不活的煤的火爐，但單是看見裝著它，精神上也就總覺得有些溫暖。書卻無可看——舊的陳腐，新的是幾乎沒有的。

好在我到那裡也去並非爲看書。另外時常還有幾個人，多則十餘人，

都是單薄衣裳，正如我，各人看各人的書，作為取暖的口實。這於我尤為合適。道路上容易遇見熟人，得到輕蔑的一瞥，但此地卻絕無那樣的橫禍，因為他們是永遠圍在別的鐵爐旁，或者靠在自家的白爐邊的。

那裡雖然沒有書給我看，都還有安閒容得我想。待到孤身枯坐，回憶從前，這才覺得大半年來，只為了愛——盲目的愛，而將別的人生的要義全盤疏忽了。第一，便是生活。人必生活著，愛才有所附麗。世界上並非沒有為了奮鬥者而開的活路；我也還未忘卻翅子的扇動，雖然比先前已經頹唐得多……。

屋子和讀者漸漸消失了，我看見怒濤中的漁夫，戰壕中的兵士，摩托車中的貴人，洋場上的投機家，深山密林中的豪傑，講台上的教授，昏夜的運動者和深夜的偷兒……子君，不在近旁。她的勇氣都失掉了，只為著阿隨悲憤，為著做飯出神；然而奇怪的是倒也並不怎樣瘦損……

冷了起來，火爐裡的不死不活的幾片硬煤，也終於燒盡了，已是閉館的時候，又須回到吉兆胡同，領略冰冷的顏色去了。

近來也間或遇到溫暖的神情，但這卻反而增加我的苦痛。記得有一夜，子君的眼裡忽而又發出久已不見的稚氣的光來，笑著和我談到還在會館時候的情形，時時又很帶些恐怖的神色。我知道我近來的超過她的冷漠，已經引起她的憂疑來，只得也勉力談笑，想給她一點慰藉。然而我的笑貌一上臉，我的話一出口，卻即刻變爲空虛，這空虛又即刻發生反響，迴向我的耳目裡，給我一個難堪的惡毒的冷嘲。

子君似乎也覺得的，從此便失掉了她往常的麻木似的鎭靜，雖然竭力掩飾，總還是時時露出憂疑的神色來，但對我卻溫和得多了。

我要明告她，但我還沒有敢，當決心要說的時候，看見她孩子一般的眼色，就使我只得暫且改作勉強的歡容。但是這又即刻來冷嘲我，並使我失卻那冷漠的鎭靜。

她從此又開始了往事的溫習和新的考驗，逼我做出許多虛偽的溫存的答案來。將溫存示給她，虛偽的草稿便寫在自己的心上，我的心漸被這些草稿填滿了，常覺得難於呼吸。

我在苦惱中常常想，說真實自然須有極大的勇氣的；假如沒有這勇氣，而苟安於虛偽，那也便是不能開闢新的生路的人。不獨不是這個，連這人也未嘗有！

子君有怨色，在早晨，極冷的早晨，這是從未見過的，但也許是從我看來的怨色。我那時冷冷地氣憤和暗笑了；她所磨練的思想和豁達無畏的言論，到底也還是一個空虛，而對於這空虛卻並未自覺。

她早已什麼書也不看，已不知道人的生活的第一著是求生，向著這求生的道路，是必須攜手同行，或奮身孤往的了，倘使只知道揪著一個人的衣角，那便是雖戰士也難於戰鬥，只得一同滅亡。

我覺得新的希望就只在我們的分離，她應該決然捨去——我也突然想到她的死，然而立刻自責，懺悔了。幸而是早晨，時間正多，我可以說我的眞實。我們的新的道路的開闢，便在這一遭。

我和她閒談，故意地引起我們的往事，提到文藝，於是涉及外國的文人，文人的作品：《諾拉》、《海的女人》，稱揚諾拉的果決……。也還是去年在會館的破屋裡講過的那些話，但現在已經變成空虛，從我的嘴傳入自己的耳中，時時疑心有一個隱形的壞孩子，在背後惡意地刻毒地學舌。

她還是點頭答應著傾聽，後來沉默了。我也就斷續地說完了我的話，連餘音都消失在虛空中了。

「是的。」她又沉默了一會，說：「但是……涓生，我覺得你近來很兩樣了。可是的？你，你老實告訴我。」

我覺得這似乎給了我當頭一擊，但也立即定了神，說出我的意見和主張來——新的路的開闢，新的生活的再造，爲的是免得一同滅亡。

臨末，我用了十分的決心，加上這幾句話——

「……況且妳已經可以無須顧慮，勇往直前了。妳要我老實說，是的，人是不該虛僞的。我老實說罷，因爲，因爲我已經不愛妳了！但這於妳倒好得多，因爲妳更可以毫無掛念地做事……」

我同時預期著大的變故的到來，然而只有沉默。她臉色陡然變成灰黃，死了似的，瞬間便又蘇生，眼裡也發了稚氣的閃閃的光澤。這眼光射向四處，正如孩子在飢渴中尋求著慈愛的母親，但只在空中尋求，恐怖地迴避著我的眼。

我不能看下去了，幸而是早晨，我冒著寒風逕奔通俗圖書館。

在那裡看見《自由之友》，我的小品文都登出了。這使我一驚，彷彿得了一點生氣。我想，生活的路還很多，但是，現在這樣也還是不行的。

我開始去訪問久已不相聞問的熟人，但這也不過一兩天；他們的屋子自然是暖和的，我在骨髓中卻覺得寒冽。

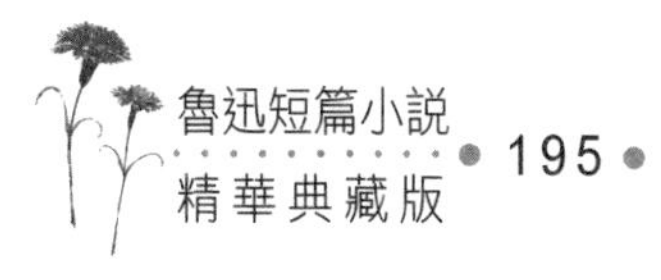

夜間，便蜷伏在比冰還冷的冷屋中。冰的針刺著我的靈魂，使我永遠苦於痲木的疼痛。

生活的路還很多，我也還沒有忘卻翅子的扇動，我想。我突然想到她的死，然而立刻自責，懺悔了。

在通俗圖書館裡往往瞥見一閃的光明，新的生路橫在前面。她勇猛地覺悟了，毅然走出這冰冷的家，而且，毫無怨恨的神色。我便輕如行雲，漂浮空際，上有蔚藍的天，下是深山大海、廣廈高樓、戰場、摩托車、洋場、公館、晴明的鬧市、黑暗的夜……

而且，眞的，我預感的這新生面便要來到了。

我們總算度過了極難忍受的冬天，這北京的冬天；就如蜻蜓落在惡作劇的壞孩子的手裡一般，被繫著細線，盡情玩弄、虐待，雖然幸而沒有送掉性命，結果也還是躺在地上，只爭著一個遲早之間。

寫給《自由之友》的總編輯已經有三封信，這才得到回信，信封裡只有兩張書券——兩角的和三角的。我卻單是催，就用了九分的郵票，一天的飢餓，又都白挨給於已一無所得的空虛了。

然而覺得要來的事，卻終於來到了。

這是冬春之交的事，風已沒有這麼冷，我也更久地在外面徘徊，待到回家，大概已經昏黑。

就在這樣一個昏黑的晚上，我照常沒精打采地回來，一看見寓所的門，也照常更加喪氣，便腳步放得更緩。但終於走進自己的屋子裡了，沒有燈火；摸火柴點起來時，是異樣的寂寞和空虛！

正在錯愕中，官太太便到窗外來叫我出去。

「今天子君的父親來到這裡，將她接回去了。」她很簡單地說。

這似乎又不是意料中的事，我便如腦後受了一擊，無言地站著。

「她去了嗎？」過了些時，我只問出這樣一句話。

「她去了。」

「她，她可說什嗎？」

「沒說什麼。單是託我見你回來時告訴你，說她去了。」

我不信，但是屋子裡是異樣的寂寞和空虛。我遍看各處，尋覓子君，只見幾件破舊而黯淡的家具，都顯得極其清疏，在證明著它們毫無隱匿一人一物的能力。我轉念尋信或她留下的字跡，也沒有；只是鹽和乾辣椒、麵粉、半株白菜，卻聚集在一處了，旁邊還有幾十枚銅元。這是我們兩人生活材料的全副，現在她就鄭重地將這留給我一個人，在不言中，教我藉此去維持較久的生活。

我似乎被周圍所排擠，奔到院子中間，有昏黑在我的周圍；正屋的紙窗上映出明亮的燈光，他們正在逗著孩子玩笑。我的心也沉靜下來，覺得在沉重的迫壓中，漸漸隱約地現出脫走的路徑：深山大澤、洋場、電燈下的盛筵、壕溝，最黑最黑的深夜、利刃的一擊、毫無聲響的腳步……

心地有些輕鬆，舒展了，想到旅費，並且吁一口氣。

躺著，在合著的眼前經過的預想的前途，不到半夜已經現盡；暗中忽然彷彿看見一堆食物，這之後，便浮出一個子君的灰黃的臉來，睜了孩子氣的眼睛，懇託似的看著我。我一定神什麼也沒有了。

但我的心卻又覺得沉重。我爲什麼偏不忍耐幾天，要這樣急急地告訴她眞話的呢？現在知道，她以後所有的只是她父親——兒女的債主——的烈日一般的嚴威和旁人的賽過冰霜的冷眼，此外便是虛空。負著虛空的重擔，在嚴威和冷眼中走著所謂人生的路，這是怎麼可怕事呵！而況這路的盡頭，又不過是——連墓碑也沒有的墳墓。

我不應該將眞實說給子君，我們相愛過，我應該永久奉獻她我的說謊。如果眞實可以寶貴，這在子君就不該是一個沉重的空虛。謊話當然也是一個空虛，然而臨末，至多也不過這樣地沉重。

我以爲將眞實說給子君，她便可以毫無顧慮，堅決地毅然前行，一如我們將要同居時那樣。

但這恐怕是我錯誤了，她當時的勇敢和無畏是因爲愛。

我沒有負著虛僞的重擔的勇氣，卻將眞實的重擔卸給她了。她愛我之後，就要負了這重擔，在嚴威和冷眼中走著所謂人生的路。我想到她的死……我看見我是一個卑怯者，應該被擯於強有力的人們，無論是眞實者，虛僞者。然而她卻自始至終，還希望我維持較久的生活……

我要離開吉兆胡同，在這裡是異樣的空虛和寂寞。我想，只要離開這裡，子君便如還在我的身邊；至少，也如還在城中，有一天，將要出乎意表地訪我，像住在會館時候似的。

然而一切請託和書信，都是一無反響；我不得已，只好訪問一個久不問候的世交去了。他是我伯父的幼年的同窗，以正經出名的拔貢，寓京很久，交遊也廣闊的。

大概因爲衣服的破舊罷，一登門便很遭門房的白眼。好容易才相見，也還相識，但是很冷落。我們的往事，他全都知道了。

「自然，你也不能在這裡了，」他聽了我託他在別處覓事之後，冷冷地說：「但哪裡去呢？很難。你那，什麼呢，你的朋友罷，子君，你可知道，她死了。」

我驚得沒有話。

「眞的？」我終於不自覺地問。

「哈哈。自然眞的。我家的王升的家，就和她家同村。」

「但是，不知道是怎麼死的？」

「誰知道呢？總之是死了就是了。」

我已經忘卻了怎樣辭別他，同到自己的寓所。我知道他是不說謊話的；子君總不會再來的了，像去年那樣。她雖是想在嚴威和冷眼中負著虛空的重擔來走所謂人生的路，也已經不能。她的命運，已經決定她在我所

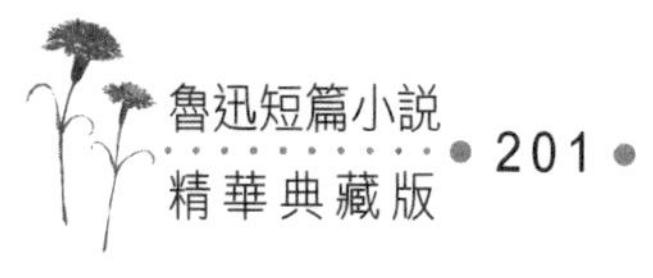

給與的眞實——無愛的人間死滅了。

自然，我不能在這裡了，但是，「哪裡去呢？」

四圍是廣大的空虛，還有死的寂靜。死於無愛的人們的眼前的黑暗，我彷彿一一看見，還聽得一切苦悶和絕望的掙扎的聲音。

我還期待著新的東西到來，無名的，意外的。但一天一天，無非是死的寂靜。

我比先前已經不大出門，只坐臥在廣大的空虛裡，一任這死的寂靜侵蝕著我的靈魂。死的寂靜有時也自己戰慄，自己退藏，於是在這絕續之交，便閃出無名的、意外的、新的期待。

一天是陰沉的上午，太陽還不能從雲裡面掙扎出來，連空氣都疲乏著。耳中聽到細碎的步聲和咻咻的鼻息，使我睜開眼。大致一看，屋子裡還是空虛；但偶然看到地面，卻盤旋著一匹小小的動物，瘦弱的，半死的，滿身灰土的……

我一細看，我的心就一停，接著便直跳起來。

那是阿隨，牠回來了。

我的離開吉兆胡同，也不單是爲了房主人們和他家女工的冷眼，大半就爲著這阿隨。但是，「哪裡去呢？」

新的生路自然還很多，我約略知道，也間或依稀看見，覺得就在我面前，然而我還沒有知道跨進那裡去的第一步的方法。

經過許多回的思量和比較，也還只有會館是還能相容的地方。依然是這樣的破屋，這樣的板床，這樣的半枯的槐樹和紫藤，但那時使我希望，歡欣，愛，生活的，卻全都逝去了，只有一個虛空，我用眞實去換來的虛空存在。

新的生路還很多，我必須跨進去，因爲我還活著。但我還不知道怎樣跨出那第一步。有時，彷彿看見那生路就像一條灰白的長蛇，自己蜿蜒地向我奔來，我等著，等著，看看臨近，但忽然便消失在黑暗裡了。

初春的夜，還是那麼長。長久的枯坐中記起上午在街頭所見的葬式，前面是紙人紙馬，後面是唱歌一般的哭聲。我現在已經知道他們的聰明了，這是多麼輕鬆簡截的事。

然而子君的葬式卻又在我的眼前，是獨自負著虛空的重擔，在灰白的長路上前行，而又即刻消失在周圍的嚴威和冷眼裡了。

我願意眞有所謂鬼魂，眞有所謂地獄，那麼，即便在孽風怒吼之中，我也將尋覓子君，當面說出我的悔恨和悲哀，祈求她的饒恕；否則，地獄的毒燄將圍繞我，猛烈地燒盡我的悔恨和悲哀。

我將在孽風和毒燄中擁抱子君，乞她寬容，或者使她快意……

但是，這卻更虛空於新的生路；現在所有的只是初春的夜，竟還是那麼長。我活著，我總得向著新的生路跨出去，那第一步，卻不過是寫下我

的悔恨和悲哀，爲子君，爲自己。

我仍然只有唱歌一般的哭聲，給子君送葬，葬在遺忘中。

我要遺忘；我爲自己，並且要不再想到這用了遺忘給子君送葬。

我要向著新的生路跨進第一步去，我要將眞實深深地藏在心的創傷中，默默地前行，用遺忘和說謊做我的前導……

一九二五年十月二十一日畢

弟兄

朝陽已從紙窗上射入，刺著他朦朧的眼睛。
但他卻不能即刻動彈，只覺得四肢無力，
而且背上冷冰冰的還有許多汗，
而且看見床前站著一個滿臉流血的孩子，
自己正要去打他……

公益局一向無公可辦，幾個辦事員在辦公室裡照例的談家務。秦益堂捧著水煙筒咳得喘不過氣來，大家也只得住口。久之，他抬起紫漲著的臉來了，還是氣喘吁吁的，說：「到昨天，他們又打起架來了，從堂屋一直打到門口。我怎麼喝也喝不住。」他生著幾根花白鬍子的嘴層還抖著。「老三說，老五折在公債票上的錢是不能開公賬的，應該自己賠出……」

「你看，還是為錢，」張沛君就慷慨地從破的躺椅上站起來，兩眼在深眼眶裡慈愛地閃爍。「我眞不解自家的弟兄何必這樣斤斤計較，豈不是橫豎都一樣？……」

「像你們的弟兄，哪裡有呢？」益堂說。

「我們就是不計較，彼此都一樣。我們就將錢財兩字不放在心上。這麼一來，什麼事也沒有了。有誰家鬧要分的，我總是將我們的情形告訴他，勸他們不要計較。益翁也只要要對令郎開導開導……」

「哪……裡……」益堂搖頭說。

「這大概也怕不成。」汪月生說，於是恭敬地看著沛君的眼，「像你們的弟兄，實在是少有的，我沒有遇見過。你們簡直是誰也沒有一點自私自利的心思，這就不容易……」

「他們一直從堂屋打到大門口……」益堂說。

「令弟仍然是忙？」月生問。

「還是一禮拜十八點鐘功課，外加九十三本作文，簡直忙不過來。這幾天可是請假了，身熱，大概是受了一點寒……」

「我看這倒該小心些，」月生鄭重地說：「今天的報上就說，現在時症流行……」

「什麼時症呢？」沛君吃驚了，趕忙地問。

「那我可說不清了。記得是什麼熱罷。」

沛君邁開步就奔向閱報室去。

「眞是少有的，」月生目送他飛奔出去之後，向著秦益堂讚嘆著。「他們兩個人就像一個人。要是所有的弟兄都這樣，家裡哪裡還會鬧亂子。我就學不來……」

「說是折在公債票上的錢不能開公賬……」益堂將紙煤子插在紙煤管子裡。

辦公室中暫時的寂靜，不久就被沛君的步聲和叫聽差的聲音震破了。他彷佛已經有什麼大難臨頭似的，說話有些口吃了，聲音也發著抖。他叫聽差打電話給普悌思普大夫，請他即刻到同興公寓張沛君那裡去看病。

月生便知道他很著急，因爲向來知道他雖然相信西醫，而進款不多，平時也節省，現在卻請的是這裡第一個有名而價貴的醫生，於是迎了出去，只見他臉色青青的站在外面聽聽差打電話。

「怎麼了？」

「報上說……說流行的是猩……猩紅熱。我，我午後來局時，靖甫就是滿臉通紅……已經出門了嗎？請……請他們打電話找，請他即刻來，同興公寓，同興公寓……」

他聽聽差打完電話，便奔進辦公室，取了帽子。汪月生也代爲著急，跟了進去。

「局長來時，請給我請假，說家裡有病人，看醫生……」他胡亂點著頭說。

「你去就是，局長也未必來。」月生說。

但是他似乎沒有聽到，已經奔出去了。

他到路上，已不再較量車價如平時一般，一看見一個稍微壯大，似乎能走的車夫，問過價錢，便一腳跨上車去，道：「好！只要給我快走！」

公寓卻如平時一般，很平安、寂靜，一個小伙計仍舊坐在門外拉胡琴。他走進他兄弟的臥室，覺得心跳得更厲害，因爲他臉上似乎見得更通紅了，而且發喘。

他伸手去一摸他的頭，又熱得炙手。

「不知道是什麼病？不要緊罷？」靖甫問，眼裡發出憂疑的光，顯係他自己也覺得不尋常了。

「不要緊的，……傷風罷了。」他支吾著回答說。

他平時是專愛破除迷信的，但此時卻覺得靖甫的樣子和說話都有些不祥，彷彿病人自己就有了什麼預感。這思想更使他不安，立即走出，輕輕地叫了伙計，使他打電話去問醫院可曾找到了普大夫？

「就是啦，就是啦。還沒有找到。」伙計在電話口邊說。

沛君不但坐不穩，這時連立也不穩了，但他在焦急中，卻忽而碰著了一條生路——也許並不是猩紅熱。然而普大夫沒有找到……同寓的白問山雖然是中醫，或者於病名倒還能斷定的，但是他曾經對他說過好幾回攻擊中醫的話，況且追請普大夫的電話，他也許已經聽到了……

然而他終於去請白問山。

白問山卻毫不介意，立刻戴起玳瑁邊墨晶眼鏡，同到靖甫的房裡來。他診過脈，在臉上端詳一回，又翻開衣服看了胸部，便從從容容地告辭。沛君跟在後面，一直到他的房裡。

他請沛君坐下，卻是不開口。

「問山兄，舍弟究竟是……」他忍不住發問了。

「紅斑痧。你看他已經『見點』了。」

「那麼，不是猩紅熱？」沛君有些高興起來。

「他們西醫叫猩紅熱，我們中醫叫紅斑痧。」

這立刻使他手腳覺得發冷。

「可以醫嗎？」他愁苦地問。

「可以。不過這也要看你們府上的家運。」

他已經糊塗得連自己也不知道怎樣竟請白問山開了藥方，從他房裡走出，但當經過電話機旁的時候，卻又記起普大夫來了。他仍然去問醫院，答說已經找到了，可是很忙，怕去得晚，須待明天早晨也說不定的。然而他還叮囑他要今天一定到。

他走進房去點起燈來看，靖甫的臉更覺得通紅了，的確還現出更紅的點子，眼瞼也浮腫起來。他坐著，卻似乎所坐的是針毯。在夜的漸就寂靜中，在他的翹望中，每一輛汽車的汽笛呼嘯聲更使他聽得分明，有時竟無端疑爲普大夫的汽車，跳起來去迎接。但是他還未走到門口，那汽車卻早經駛過去了；惘然地回身，經過院落時，見皓月已經西升，鄰家的一株古槐，便投影地上，森森然更來加濃了他陰鬱的心地。

突然一聲烏鴉叫。這是他平日常常聽到的，那古槐上就有三四個烏鴉巢。但他現在卻嚇得幾乎站住了，心驚肉跳地輕輕地走進靖甫的房裡時，見他閉了眼躺著，滿臉彷彿都見得浮腫，但沒有睡，大概是聽到腳步聲了，忽然張開眼來，那兩道眼光在燈光中異樣地悽愴地發閃。

「信嗎？」靖甫問。

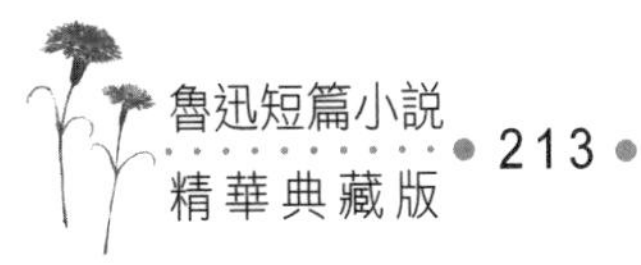

「不，不。是我。」他吃驚，有些失措，吃吃地說：「是我。我想還是去請一個西醫來，好得快一點。他還沒有來……」

靖甫不答話，合了眼。他坐在窗前的書桌旁邊，一切都靜寂，只聽得病人的急促的呼吸聲，和鬧鐘的札札地作響。忽而遠遠地有汽車的汽笛發響了，使他的心立刻緊張起來。聽它漸近，漸近，大概正到門口，要停下了罷，可是立刻聽出，駛過去了。

這樣的許多回，他知道了汽笛聲的各樣：有如吹哨子的，有如擊鼓的，有如放屁的，有如狗叫的，有如鴨叫的，有如牛吼的，有如母雞驚啼的，有如嗚咽的……他忽而怨憤自己，為什麼早不留心，知道那普大夫的汽笛是怎樣的聲音的呢？

對面的寓客還沒有回來，照例是看戲，或是打茶圍去了。但夜卻已經很深了，連汽車也逐漸地減少。強烈的銀白色的月光，照得紙窗發白。

他在等待的厭倦裡，身心的緊張慢慢地緩下來了，至於不再去留心那

些汽笛。但凌亂的思緒，卻又乘機而起；他彷彿知道靖甫生的一定是猩紅熱，而且是不可救的。那麼，家計怎麼支持呢？靠自己一個？雖然住在小城裡，可是百物昂貴起來了……自己的三個孩子，他的兩個，養活尚且難，還能進學校去讀書嗎？只給一兩個讀書呢？那自然是自己的康兒最聰明，然而大家一定要批評，說是薄待了兄弟的孩子……

後事怎麼辦呢？連買棺木的款子也不夠，怎麼能夠運回家，只好暫時寄頓在義莊裡……

忽然遠遠地有一陣腳步聲進來，立刻使他跳起來了，走出房去，卻知道是對面的寓客。

「先帝爺，在白帝城……」

他一聽到這低微高興的吟聲，便失望、憤怒，幾乎要奔上去叱罵他。但他接著又看見伙計提著風雨燈，燈光中照出後面跟著的皮鞋，上面的微明裡是一個高大的人，白臉孔，黑的絡腮鬍子。這正是普悌思。

他像是得了寶貝一般，飛跑上去，將他領入病人的房中。兩人都站在床面前，他擎了洋燈，照著。

「先生，他發燒……」沛君喘著說。

「什麼時候，起的？」普悌思兩手插在褲側的袋子裡，凝視著病人的臉，慢慢地問。

「前天。大……大大前天。」

普大夫不作聲，略略按一按脈，又叫沛君擎高了洋燈，照著他在病人的臉上端詳一回；又叫揭去被臥，解開衣服來給他看。看過之後，就伸出手指在肚子上去一摩。

「Measles……」普悌思低聲自言自語似的說。

「疹子嗎？」他驚喜得聲音也似乎發抖了。

「疹子。」

「就是疹子？……」

「疹子。」

「你原來沒有出過疹子？」

他高興地剛在問靖甫時，普大夫已經走向書桌那邊去了，於是也只得跟過去。只見他將一隻腳踏在椅子上，拉過桌上的一張信箋，從衣袋裡掏出一段很短的鉛筆，就桌上颼颼地寫了幾個難以看清的字，這就是葯方。

「怕葯房已經關了罷？」沛君接了方，問。

「明天不要緊。明天吃。」

「明天再看？……」

「不要再看了。酸的、辣的、太鹹的，不要吃。熱退了之後，拿小便，送到我的，醫院裡來，查一查，就是了。裝在，乾淨的，玻璃瓶裡；外面，寫上名字。」

普大夫且說且走，一面接了一張五元的鈔票塞入衣袋裡，一逕出去了。他送出去，看他上了車，開動了，然後轉身，剛進店門，只聽得背後

go go 的兩聲，他才知道普悌思的汽車的叫聲原來是牛吼似的。但現在是知道也沒有什麼用了，他想。

房子裡連燈光也顯得愉悅，沛君彷彿萬事都已做訖，周圍都很平安，心裡倒是空空洞洞的模樣。他將錢和葯方交給跟著進來的伙計，叫他明天一早到美亞葯房去買葯，因爲這葯房是普大夫指定的，說惟獨這一家的葯品最可靠。

「東城的美亞葯房！一定得到那裡去。記住美亞葯房！」他跟在出去的伙計後面，說。

院子裡滿是月色，白得如銀，「在白帝城」的鄰人已經睡覺了，一切都很幽靜，只有桌上的鬧鐘愉快而平勻地札札地作響；雖然聽到病人的呼吸，卻是很調和。

他坐下不多久，忽又高興起來。

「你原來這麼大了，竟還沒有出過疹子？」他遇到了什麼奇蹟似的，驚奇地問。

「…………」

「你自己是不會記得的，須得問母親才知道。」

「…………」

「母親又不在這裡。竟沒有出過疹子。哈哈哈！」

沛君在床上醒來時，朝陽已從紙窗上射入，刺著他朦朧的眼睛。但他卻不能即刻動彈，只覺得四肢無力，而且背上冷冰冰的還有許多汗，而且看見床前站著一個滿臉流血的孩子，自己正要去打他。

但這景象一剎那間便消失了，他還是獨自睡在自己的房裡，沒有一個別的人。他解下枕衣來拭去胸前和背上的冷汗，穿好衣服，走向靖甫的房裡去時，只見「在白帝城」的鄰人正在院子裡漱口，可見時候已經很不早了。

靖甫也醒著了，眼睜睜地躺在床上。

「今天怎樣？」他立刻問。

「好些……」

「葯還沒有來嗎？」

「沒有。」

他便在書桌旁坐下，正對著眠床。看靖甫的臉，已沒有昨天那樣通紅了，但自己的頭都還覺得昏昏的，夢的斷片，也同時閃閃爍爍地浮出。

——靖甫也正是這樣地躺著，但卻是一個死屍。他忙著收殮，獨自背了一口棺材，從大門外一逕背到堂屋裡去。地方彷彿是在家裡，看見許多熟識的人們在旁邊交口讚頌……

——他命令康兒和兩個弟妹進學校去了，卻還有兩個孩子哭嚷著要跟去。他已經被哭嚷的聲音纏得發煩，但同時也覺得自己有了最高的威權和極大的力。他看見自己的手掌比平常大了三四倍，鐵鑄似的，向荷生的臉上一掌批過去……

他因為這些夢跡的襲擊，怕得想站起來，走出房外去，但終於沒有動。也想將這些夢跡壓下，忘卻，但這些卻像攪在水裡的鵝毛一般，轉了幾個圈，終於非浮上來不可。

——荷生滿臉是血，哭著進來了。他跳在神堂上……那孩子後面還跟著一群相識和不相識的人。他知道他們是都來攻擊他的……

——「我決不至於昧了良心。你們不要受孩子的誑話的騙……」他聽得自己這樣說。

——荷生就在他身邊，他又舉起了手掌……

他忽而清醒了，覺得很疲勞，背上似乎還有些冷。靖甫靜靜地躺在對面，呼吸雖然急促，卻是很調勻。桌上的鬧鐘似乎更用了大聲札札地作響。

他旋轉身子去，對了書桌，只見蒙著一層塵，再轉臉去看紙窗，掛著的日曆上，寫著兩個漆黑的隸書：廿七。

伙計送葯進來了，還拿著一包書。

「什嗎？」靖甫睜開了眼睛，問。

「葯。」他也從惝恍中覺醒，回答說。

「不，那一包。」

「先不管它，吃葯罷。」他給靖甫服了葯，這才拿起那包書來看，道，「索士寄來的。一定是你向他去借的那一本：Sesame and Lilies。」

靖甫伸手要過書去，但只將書面一看，書脊上的金字一摩，便放在枕邊，默默地合上眼睛了。過了一會，高興地低聲說：「等我好起來，譯一點寄到文化書館去賣幾個錢，不知道他們可要……」

這一天，沛君到公益局比平日遲得多，將要下午了；辦公室裡已經充滿了秦益堂的水煙的煙霧。汪月生遠遠地望見，便迎出來。

「啊！來了。令弟痊癒了罷？我想，這是不要緊的，時症年年有，沒有什麼要緊。我和益翁正惦記著呢，都說：怎麼還不見來？現在來了，好了！但是，你看，你臉上的氣色，多少……是的，和昨天多少兩樣。」

沛君也彷彿覺得這辦公室和同事都和昨天有些兩樣，生疏了。

雖然一切也還是他曾經看慣的東西——斷了的衣鉤，缺口的唾壺，雜亂而塵封的案卷，折足的破躺椅，坐在躺椅上捧著水煙筒咳嗽而且搖頭嘆氣的秦益堂……

「他們也還是一直從堂屋打到大門口……」

「所以呀，」月生一面回答他：「我說你該將沛兄的事講給他們，教他們學學他。要不然，真要把你老頭兒氣死了……」

「老三說，老五折在公債票上的錢是不能算公用的，應該……應該……」益堂咳得彎下腰去了。

「真是『人心不同』……」月生說著，便轉臉向了沛君，「那麼，令弟沒有什嗎？」

「沒有什麼，醫生說是疹子。」

「疹子？是呵，現在外面孩子們正鬧著疹子。我的同院住著的三個孩子也都出了疹子了。那是毫不要緊的。但你看，你昨天竟急得那麼樣，叫

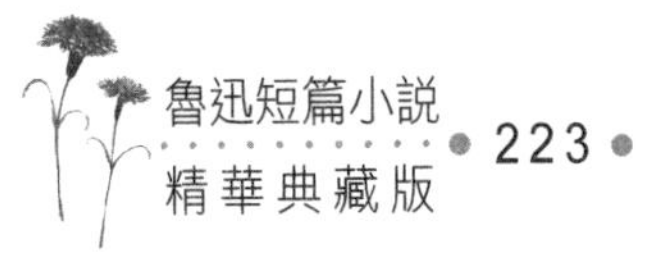

旁人看了也不能不感動，這眞所謂『兄弟怡怡』。」

「昨天局長到局了沒有？」

「還是『杳如黃鶴』。你去簿子上補劃上一個『到』就是了。」

「說是應該自己賠。」益堂自言自語地說：「這公債票也眞害人，我是一點也莫名其妙。你一沾手就上當。到昨天，到晚上，也還是從堂屋一直打到大門口。老三多兩個孩子上學，老五也說他多用了公衆的錢，氣不過……」

「這眞是愈加鬧不清了！」月生失望似的說：「所以看見你們弟兄，沛君，我眞是『五體投地』。是的，我敢說，這決不是當面恭維的話。」

沛君不開口，望見聽差的送進一件公文來，便迎上去接在手裡。月生也跟過去，就在他手裡看著，唸道：「『公民郝上善等呈：東郊倒斃無名男屍一具請飭分局速行撥棺抬埋以資衛生而重公益由』。我來辦。你還是早點回去罷，你一定惦記著令弟的痛。你們眞是『鶺鴒在原』

……」

「不！」他不放手，「我來辦。」

月生也就不再去搶著辦了。沛君便十分安心似的沉靜地走到自己的桌前，看著呈文，一面伸手去揭開了綠鏽斑斕的墨盒蓋。

一九二五年十一月三日

離婚

「我還有話要當大眾面前說說哩。
他哪裡有好聲好氣呵，
開口『賤胎』，閉口『娘殺』。
自從結識了那婊子，連我的祖宗都入起來了。
七大人，你給我批評批評，這……」

「啊啊，木叔！新年恭喜，發財發財！」

「你好，八三！恭喜恭喜！」

「唉唉，恭喜！愛姑也在這裡……」

「啊啊，木公公！……」

莊木三和他的女兒愛姑剛從木蓮橋頭跨下航船去，船裡面就有許多聲音一齊嗡的叫了起來，其中還有幾個人捏著拳頭打拱；同時，船旁的坐板也空出四人的坐位來了。

莊木三一面招呼，一面就坐，將長煙管倚在船邊；愛姑便坐在他左邊，將兩隻鉤刀樣的腳正對著八三擺成一個「八」字。

「木公公上城去？」一個蟹殼臉的問。

「不上城，」木公公有些頹唐似的，但因爲紫糖色臉上原有許多皺紋，所以倒也看不出什麼大變化，「就是到龐莊去走一遭。」

合船都沉默了，只是看他們。

「也還是爲了愛姑的事嗎？」好一會，八三質問了。

「還是爲她……這眞是煩死我了，已經鬧了整三年，打過多少回架，說過多少回和，總是不落局……」

「這回還是到慰老爺家裡去？」

「還是到他家。他給他們說和也不止一兩回了，我都不依。這倒沒有什麼。這回是他家新年會親，連城裡的七大人也在……」

「七大人？」八三的眼睛睜大了。「他老人家也出來說話了嗎？那是……其實呢，去年我們將他們的灶都拆掉了，總算已經出了一口惡氣，況且愛姑回到那邊去，其實呢，也沒有什麼味兒……」他於是順下眼睛去。

「我倒並不貪圖回到那邊去，八三哥！」愛姑憤憤地昂起頭，說：「我是賭氣。你想，『小畜生』姘上了小寡婦，就不要我，事情有這麼容易的？『老畜生』只知道幫兒子，也不要我，好容易呀！大人怎樣？難道和知縣大老爺換帖，就不說人話了嗎？他不能像慰老爺似的不通，只說是

『走散好走散好』。我倒要對他說說我這幾年的艱難，且看七大人說誰不錯！」

八三被說服了，再開不得口。

只有潺潺的船頭激水聲，船裡很靜寂。莊木三伸手去摸煙管，裝上煙。

斜對面，挨八三坐著的一個胖子便從肚兜裡掏出一柄打火刀，打著火絨，給他按在煙斗上。

「對對。」木三點頭說。

「我們雖然是初會，木叔的名字卻是早已知道的。」胖子恭敬地說：「是的，這裡沿海三六十八村，誰不知道？施家的兒子姘上了寡婦，我們也早知道。去年木叔帶了六位兒子去拆平了他家的灶，誰不說應該？你老人家是高門大戶都走得進的，腳步開闊，怕他們甚的！……」

「你這位阿叔眞通氣，」愛姑高興地說：「我雖然不認識你這位阿叔是誰。」

「我叫汪得貴。」胖子連忙說。

「要撇掉我，是不行的。七大人也好，八大人也好，我總要鬧得他們家敗人亡！慰老爺不是勸過我四回嗎？連爹也看得賠貼的錢有點頭昏眼熱了……」

「妳這媽的！」木三低聲說。

「可是我聽說去年年底施家送給慰老爺一桌酒席哩，木公公。」蟹殼臉道。

「那不礙事。」汪得貴說：「酒席能塞得人發昏嗎？酒席如果能塞得人發昏，送大菜又怎樣？他們知書識理的人是專替人家講公道話的，譬如，一個人受眾人欺侮，他們就出來講公道話，倒不在乎有沒有酒喝。去年年底我們敝村的榮大爺從北京回來，他見過大場面的，不像我們鄉下人一樣。他就說，那邊的第一個人物要算光太太，又硬……」

「汪家匯頭的客人上岸哩！」船家大聲叫著，船已經要停下來。

「有我有我！」胖子立刻一把取了煙管，從中艙一跳，隨著前進的船走在岸上了。

「對對！」他還向船裡面的人點頭，說。

船便在新的靜寂中繼續前進，水聲又很聽得出了，潺潺的。八三開始打瞌睡了，漸漸地向對面的鉤刀式的腳張開了嘴。前艙中的兩個女人也低聲哼起佛號來，她們擷著唸珠，又都看愛姑，而且互視，呶嘴，點頭。

愛姑瞪著眼看定篷頂，大半正在懸想將來怎樣鬧得他們家敗人亡，「老畜生」、「小畜生」，全都走投無路。

慰老爺她是不放在眼裡的，見過兩回，不過一個團頭團腦的矮子，這種人本村裡就很多，無非臉色比他紫黑些。

莊木三的煙早已吸到底，火逼得斗底裡的煙油吱吱地叫了，還吸著。他知道一過汪家匯頭，就到龐莊，而且那村口的魁星閣也確乎已經望得見。龐莊，他到過許多回，不足道的，以及慰老爺。

他還記得女兒的哭回來，他的親家和女婿的可惡，後來給他們怎樣地吃虧。想到這裡，過去的情景便在眼前展開，一到懲治他親家這一局，他向來是要冷冷地微笑的，但這回卻不，不知怎的忽而橫梗著一個胖胖的七大人，將他腦裡的局面擠得擺不整齊了。

船在繼續的寂靜中繼續前進，獨有唸佛聲卻宏大起來；此外一切，都似乎陪著木叔和愛姑一同浸在沉思裡。

「木叔，你老上岸罷，龐莊到了。」

木三他們被船家的聲音驚覺時，面前已是魁星閣了。

他跳上岸，愛姑跟著，經過魁星閣下，向著慰老爺家走。朝南走過三十家門面，再轉一個彎，就到了，早望見門口一列地泊著四隻烏篷船。

他們跨進黑油大門時，便被邀進門房去，大門後已經坐滿著兩桌船夫和長年。愛姑不敢看他們，只是溜了一眼，倒也並不見有「老畜生」和「小畜生」的蹤跡。

當工人搬出年糕湯來時，愛姑不由得越加侷促不安起來了，連自己也不明白爲什麼。「難道和知縣大老爺換帖，就不說人話嗎？」她想。「知書識理的人是講公道話的。我要細細地對七大人說一說，從十五歲嫁過去做媳婦的時候起……」

她喝完年糕湯，知道時機將到。果然，不一會，她已經跟著一個長年，和她父親經過大廳，又一彎，踏進客廳的門檻去了。

客廳裡有許多東西，她不及細看；還有許多客，只見紅青緞子馬褂發閃。在這些中間第一眼就看見一個人，這一定是七大人了。雖然也是團頭團腦，卻比慰老爺們魁梧得多；大的圓臉上長著兩條細眼和漆黑的細鬍鬚；頭頂是禿的，可是那腦殼和臉都很紅潤，油光光地發亮。愛姑很覺得稀奇，但也立刻自己解釋明白了——那一定是擦著豬油的。

「這就是『屁塞』，就是古人大殮的時候塞在屁股眼裡的。」七大人正拿著一條爛石似的東西，說著，又在自己的鼻子旁擦了兩擦，接著道：「可惜是『新坑』。倒也可以買得，至遲是漢。你看，這一點是『水銀浸』……」

「水銀浸」周圍即刻聚集了幾個頭，一個自然是慰老爺，還有幾位少爺們，因爲被威光壓得像癟臭蟲了，愛姑先前竟沒有見。

她不懂後一段話；無意，而且也不敢去研究什麼「水銀浸」，便偷空向四處一看望，只見她後面，緊挨著門旁的牆壁，正站著「老畜生」和「小畜生」。雖然只一瞥，但較之半年前偶然看見的時候，分明都見得蒼老了。

接著大家就都從「水銀浸」周圍散開，慰老爺接過「屁塞」，坐下，用指頭摩挲著，轉臉向莊木三說話。

「就是你們兩個嗎？」

「是的。」

「你的兒子一個也沒有來？」

「他們沒有工夫。」

「本來新年正月又何必來勞動你們？但是，還是只爲那件事……我想，你們也鬧得夠了。不是已經有兩年多了嗎？我想，冤仇是宜解不宜結的。愛姑既然丈夫不對，公婆不喜歡……也還是照先前說過那樣，走散的好。我沒有這麼大面子，說不通。七大人是最愛講公道話的，你們也知道。現在七大人的意思也這樣，和我一樣。可是七大人說，兩面都認點晦氣罷，叫施家再添十塊錢：九十元！」

「………」

「九十元！你就是打官司打到皇帝伯伯跟前，也沒有這麼便宜。這話只有我們的七大人肯說。」

七大人睜起細眼，看著莊木三，點點頭。

愛姑覺得事情有些危急了，她很怪平時沿海的居民對他都有幾分懼怕的自己的父親，爲什麼在這裡竟說不出話。她以爲這是大可不必的；她自

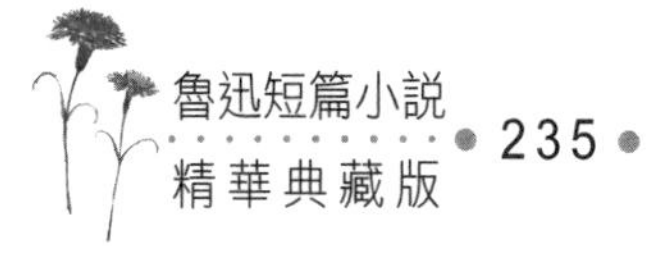

從聽到七大人的一段議論之後，雖不很懂，但不知怎的總覺得他其實是和藹近人，並不如先前自己所揣想那樣的可怕。

「七大人是知書識理，頂明白的，」她勇敢起來了。「不像我們鄉下人。我是有冤無處訴，倒正要找七大人講講。自從我嫁過去，真是低頭進，低頭出，一禮不缺。他們就是專和我作對，一個個都像個『氣殺鐘馗』。那年的黃鼠狼咬死了那匹大公雞，哪裡是我沒有關好嗎？那是那隻殺頭癩皮狗偷吃糠拌飯，拱開了雞櫥門。那『小畜生』不分青紅皂白，就來臉一嘴巴……」

七大人對她看了一眼。

「我知道那是有緣故的。這也逃不出七大人的明鑒；知書識理的人什麼都知道。他就是著了那濫婊子的迷，要趕我出去。我是三茶大禮定來的，花轎抬來的呵！那麼容易嗎？……我一定要給他們一個顏色看，就是打官司也不要緊。縣裡不行，還有府裡呢……」

「那些事是七大人都知道的。」慰老爺仰起臉來說：「愛姑，妳要是不轉頭，沒有什麼便宜的。妳就總是這模樣，妳看妳的爹多少明白，妳和妳的弟兄都不像他。打官司打到府裡，難道官府就不會問問七大人嗎？那時候是，『公事公辦』，那是……妳簡直……」

「那我就拚出一條命，大家家敗人亡。」

「那倒並不是拚命的事，」七大人這才慢慢地說了。「年紀輕輕。一個人總要和氣些，『和氣生財』，對不對？我一添就是十塊，那簡直已經是『天外道理』了。要不然，公婆說『走！』就得走。莫說有理，就是上海北京，就是外洋，都這樣。妳要不信，他就是剛從北京洋學堂裡回來的，自己問他去。」於是轉臉向著一個尖下巴的少爺道：「對不對？」

「的的確確。」尖下巴少爺趕忙挺直了身子，必恭必敬地低聲說。

愛姑覺得自己是完全孤立了；爹不說話，弟兄不敢來，慰老爺是原本幫他們的，七大人又不可靠，連尖下巴少爺也低聲下氣地像一個癟臭蟲，還打「順風鑼」。

但她在糊裡糊塗的腦中，還彷彿決定要做一回最後的奮鬥。

「怎麼連七大人……」她滿眼發了驚疑和失望的光。「是的……我知道，我們粗人，什麼也不知道。就怨我爹連人情世故都不知道，老發昏了。就專憑他們『老畜生』、『小畜生』擺佈；他們會報喪似的急急忙忙鑽狗洞，巴結人……」

「七大人看看，」默默地站在她後面的「小畜生」忽然說話了。「她在大人面前還是這樣。那在家裡是，簡直鬧得六畜不安。叫我爹是『老畜生』，叫我是口口聲聲『小畜生』、『逃生子』。」

「哪個『娘濫十十萬人生』的叫你『逃生子』？」愛姑回轉臉去大聲說，便又向著七大人道：「我還有話要當大眾面前說說哩。他哪裡有好聲好氣呵，開口『賤胎』，閉口『娘殺』。自從結識了那婊子，連我的祖宗都入起來了。七大人，你給我批評批評，這……」

她打了一個寒噤，連忙住口，因爲她看見七大人忽然兩眼向上一翻，圓臉一仰，細長鬍子圍著的嘴裡同時發出一種高大搖曳的聲音來了。

「來……兮！」七大人說。

她覺得心臟一停，接著便突突地亂跳，似乎大勢已去，局面都變了；彷彿失足掉在水裡一般，但又知道這實在是自己錯。

立刻進來一個藍袍子黑背心的男人，對七大人站定，垂手挺腰，像一根木棍。

全客廳裡是「鴉雀無聲」。七大人將嘴一動，但誰也聽不清說什麼。然而那男人，卻已經聽到了，而且這命令的力量彷彿又已鑽進了他的骨髓裡，將身子牽了兩牽，「毛骨聳然」似的；一面答應道：「是。」他倒退了幾步，才翻身走出去。

愛姑知道意外的事情就要到來，那事情是萬料不到，也防不了的。她這時才又知道七大人實在威嚴，先前都是自己的誤解，所以太放肆，太粗魯了。她非常後悔，不由的自己說：「我本來是專聽七大人吩咐……」

全客廳裡是「鴉雀無聲」。她的話雖然微細得如絲，慰老爺卻像聽到霹靂似的了，他跳了起來。

「對呀！七大人也真公平；愛姑也真明白！」他誇讚著，便向莊木三道：「老木，那你自然是沒有什麼說的了，她自己已經答應。我想你紅綠帖是一定已經帶來了的，我通知過你。那麼，大家都拿出來……」

愛姑見她爹便伸手到肚兜裡去掏東西，木棍似的那男人也進來了，將小烏龜模樣的一個漆黑的扁的小東西遞給七大人。愛姑怕事情有變故，連忙去看莊木三，見他已經在茶几上打開一個藍布包裹，取出洋錢來。

七大人也將小烏龜頭拔下，從那身子裡面倒一點東西在掌心上，木棍似的男人便接了那扁東西去。七大人隨即用那一隻手的一個指頭蘸著掌心，向自己的鼻子裡塞了兩塞，鼻孔和人中立刻黃焦焦了。他皺著鼻子，似乎要打噴嚏。

莊木三正在數洋錢。

尉老爺從那沒有數過的一疊裡取出一點來，交還了「老畜生」，又將兩份紅綠帖子互換了地方，推給兩面，嘴裡說道：「你們都收好。老木，你要點清數目呀。這不是好當玩意兒的，銀錢事情……」

「呃啾」的一聲響，愛姑明知道是七大人打噴嚏了，但不由得轉過眼去看。只見七大人張著嘴，仍舊在那裡皺鼻子，一隻手的兩個指頭卻撮著一件東西，就是那「古人大殮的時候塞在屁股眼裡的」，在鼻子旁邊摩擦著。

好容易，莊木三點清了洋錢，兩方面各將紅綠帖子收起，大家的腰骨都似乎直得多，原先收緊著的臉相也寬懈下來，全客廳頓然見得一團和氣了。

「好了，事情是圓功了。」尉老爺看見他們兩面都顯出告別的神氣，便吐一口氣，說：「那麼，嗡，再沒有什麼別的了。恭喜大吉，總算解了一個結，你們要走了嗎？不要走，在我們家裡喝了新年喜酒去，這是難得的。」

「我們不喝了。存著，明年再來喝罷。」愛姑說。

「謝謝慰老爺。我們不喝了。我們還有事情……」莊木三、「老畜生」和「小畜生」，都說著，恭恭敬敬地退出去。

「唔？怎麼了不喝一點去嗎？」慰老爺還注視著走在最後的愛姑，說。

「是的，不喝了。謝謝慰老爺。」

一九二五年十一月六日

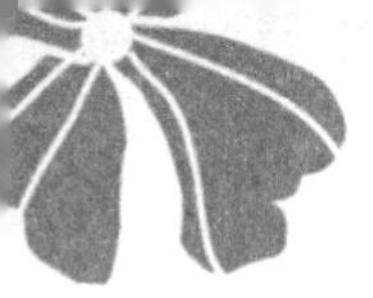

一件小事

他滿身灰塵的後影，剎時高大了，
而且愈走愈大，須仰視才見。
漸漸的又幾乎變成一種威壓。
這一件小事，卻總是浮我眼前，
有時反更分明，教我慚愧，
催我自新，並且增長我的勇氣和希望。

我從鄉下跑到京城裡，一轉眼已經六年了。其間耳聞目睹的所謂國家大事，算起來也很不少；但在我心裡，都不留什麼痕迹，倘要我尋出這些事的影響來說，便只是增長了我的壞脾氣——老實說，便是教我一天比一天的看不起人。

但有一件小事，卻於我有意義，將我從壞脾氣裡拖開，使我至今忘記不得。

這是民國六年的冬天，大北風刮得正猛，我因爲生計關係，不得不一早在路上走。一路幾乎遇不見人，好不容易才僱定了一輛人力車，教他拉到S門去。

不一會，北風小了，路上浮塵早已刮淨，剩下一條潔白的大道來，車夫也跑得更快。剛近S門，忽而車把上帶著一個人，慢慢地倒了。

跌倒的是一個女人，花白頭髮，衣服都很破爛。伊從馬路邊上突然向車前橫截過來；車夫已經讓開道，但伊的破棉背心沒有上扣，微風吹著，向外展開，所以終於兜著車把。幸而車夫早有點停步，否則伊定要栽一個大斤斛，跌到頭破血出了。

伊伏在地上；車夫便也立住腳。我料定這老女人並沒有傷，又沒有別人看見，便很怪他多事，要自己惹出是非，也誤了我的路。

我便對他說，「沒有什麼的。走你的罷！」

車夫毫不理會——或者並沒有聽到，卻放下車子，扶那老女人慢慢起來，攙著臂膊立定，向伊說：「妳怎麼啦？」

「我摔壞了。」

我想，我眼見妳慢慢倒地，怎麼會摔壞呢？裝腔作勢罷了，這真可憎惡。車夫多事，也正是自討苦吃，現在你自己想法去。

車夫聽了這老女人的話，卻毫不躊躇，仍然攙著伊的臂膊，便一步一步的向前走。我有些詫異，忙看前面，是一所巡警分駐所，大風之後，外面也不見人。

這車夫扶著那老女人，便正是向那大門走去。

我這時突然感到一種異樣的感覺，覺得他滿身灰塵的後影，剎時高大了，而且愈走愈大，須仰視才見。而且他對於我，漸漸的又幾乎變成一種威壓，甚而至於要榨出皮袍下面藏著的「小」來。

我的活力這時大約有些凝滯了，坐著沒有動，也沒有想，直到看見分駐所裡走出一個巡警，才下了車。

巡警走近我說，「你自己僱車罷，他不能拉你了。」

我沒有思索的從外套袋裡抓出一大把銅元，交給巡警，說，「請你給他……」

風全住了，路上還很靜。我走著，一面想，幾乎怕敢想到我自己。以前的事姑且擱起，這一大把銅元又是什麼意思？獎他麼？我還能裁判車夫麼？我不能回答自己。

這事到了現在，還是時時記起。我

因此也時時熬了苦痛，努力的要想到我自己。幾年來的文治武力，在我早如幼小時候所讀過的「子日詩云」一般，背不上半句了。獨有這一件小事，卻總是浮我眼前，有時反更分明，教我慚愧，催我自新，並且增長我的勇氣和希望。

一九二〇年七月

示眾

一個是淡黃制服的掛刀的面黃肌瘦的巡警，
手裡牽著繩頭，
繩的那頭就栓在別一個穿藍布大衫上
罩白背心的男人的臂膊上。
這男人戴一頂新草帽，帽沿四面下垂，
遮住了眼睛的一帶。

首善之區的西城的一條馬路上，這時候什麼擾攘也沒有。大毿毿的太陽雖然還未直照，但路上的沙土彷彿已是閃爍地生光；酷熱滿和在空氣裡面，到處發揮著盛夏的威力。許多狗都拖出舌頭來，連樹上的老烏鴉也張著嘴喘氣，但是，自然也有例外的。遠處隱隱有兩個銅盞相擊的聲音，使人憶起酸梅湯，依稀感到涼意，可是那懶懶的單調的金屬音的間作，卻使那寂靜更其深遠了。

只有腳步聲，車夫默默地前奔，似乎想趕緊逃出頭上的烈日。

「熱的包子咧！剛出屜的……」

十一二歲的胖孩子，細著眼睛，歪了嘴在路旁的店門前叫喊。聲音已經嘶嗄了，還帶些睡意，如給夏天的長日催眠。他旁邊的破舊桌子上，就有二三十個饅頭包子，毫無熱氣，冷冷地坐著。

「荷啊！饅頭包子咧，熱的……」

像用力擲在牆上而反撥過來的皮球一般，他忽然飛在馬路的那邊了。

在電桿旁，和他對面，正向著馬路，其時也站走了兩個人。一個是淡黃制服的掛刀的面黃肌瘦的巡警，手裡牽著繩頭，繩的那頭就栓在別一個穿藍布大衫上罩白背心的男人的臂膊上。這男人戴一頂新草帽，帽沿四面下垂，遮住了眼睛的一帶。

但胖孩子身體矮，仰起臉來看時，卻正撞見這人的眼睛了。那眼睛也似乎正在看他的腦殼，他連忙順下眼，去看白背心，只見背心上一行一行地寫著些大大小小的什麼字。

剎時間，也就圍滿了大半圈的看客。待到增加了禿頭的老頭子之後，空缺已經不多，而立刻又被一個赤膊的紅鼻子胖大漢補滿了。這胖子過於橫闊，佔了兩人的地位，所以續到的便只能屈在第二層，從前面的兩個脖子之間伸進腦袋去。

禿頭站在白背心的略略正對面，彎了腰，去研究背心上的文字，終於讀起來。「嗡，都，哼，八，而……」

胖孩子卻看見那白背心正研究著這發亮的禿頭，他也便跟著去研究，就只見滿頭光油油的，耳朵左近還有一片灰白色的頭髮，此外也不見得有怎樣新奇。

但是，後面的一個抱著孩子的老媽子，卻想乘機擠進來了，禿頭怕失了位置，連忙站直，文字雖然還未讀完，然而無可奈何，只得另看白背心的臉：草帽沿下半個鼻子，一張嘴，尖下巴。

又像用了力擲在牆上而反撥過來的皮球一般，一個小學生飛奔上來，一手按住了自己頭上的雪白小布帽，向人叢中直鑽進去。

但他鑽到第三——也許是第四層，竟遇見一件不可動搖的偉大東西了，抬頭看時，藍褲腰上面有一座赤條條的很闊的背脊，背脊上還有汗正在流下來。他知道無可措手，只得順著褲腰右行，幸而在盡頭發見了一條空處，透著光明。

他剛剛低頭要鑽的時候，只聽得一聲「什麼」，那褲腰以下的屁股向右一歪，空處立刻閉塞，光明也同時不見了。

但不多久，小學生卻從巡警的刀旁邊鑽出來了。他詫異地四顧，外面圍著一圈人，上首是穿白背心的，那對面是一個赤膊的胖小孩，胖小孩後面是一個赤膊的紅鼻子胖大漢。他這時隱約悟出先前的偉大的障礙物的本體了，便驚奇而且佩服似的只望著紅鼻子。

胖小孩本是注視著小學生的臉的，於是也不禁依了他的眼光，回轉頭去了，在那裡是一個很胖的奶子，奶頭四近有幾枝很長的毫毛。

「他，犯了什麼事啦？」大家都愕然看時，是一個工人似的粗人，正在低聲下氣地請教那禿頭老頭子。

禿頭不作聲，單是睜起了眼睛看定他。

他被看得順下眼光去，過一會再看時，禿頭還是睜起了眼睛看定他，而且別的人也似乎都睜了眼睛看定他。他於是彷彿自己就犯了罪似的侷促起來，終至於慢慢退後，溜出去了。一個挾洋傘的長子就來補了缺，禿頭

也旋轉臉去再看白背心。

長子彎了腰，要從垂下的草帽沿下去賞識白背心的臉，但不知道爲什麼忽又站直了。於是，他背後的人們又須竭力伸長了脖子，有一個瘦子竟至於連嘴都張得很大，像一條死鱸魚。

巡警突然間將腳一提，大家又愕然，趕緊都看他的腳，然而他又放穩了，於是又看白背心。長子忽又彎了腰，還要從垂下的草帽簷下去窺測，但即刻也就立直，擎起一隻手來拚命搔頭皮。

禿頭不高興了，因爲他先覺得背後有些不太平，接著耳朵邊就有唧咕唧咕的聲響。他雙肩一鎖，回頭看時，緊挨他右邊，有一隻黑手拿著半個大饅頭正在塞進一個貓臉的人的嘴裡去。他也就不說什麼，自去看白背心的新草帽了。

忽然，就有暴雷似的一擊，連橫闊的胖大漢也不免向前一蹌踉。同時，從他肩膊上伸出一隻胖得不相上下的臂膊來，展開五指，拍的一聲正打在胖孩子的臉頰上。

「好快活！你媽的……」同時，胖大漢後面就有一個彌勒佛似的更圓的胖臉這麼說。胖孩子也蹌踉了四五步，但是沒有倒，一手按著臉頰，旋轉身，就想從胖大漢的腿旁的空隙間鑽出去。胖大漢趕忙站穩，並且將屁股一歪，塞住了空隙，恨恨地問道：「什麼？」

胖孩子就像小鼠子落在捕機裡似的，倉惶了一會，忽然向小學生那一面奔去，推開他，衝出去了。小學生也返身跟出去了。

「嚇，這孩子……」總有五六個人都這樣說。

待到重歸平靜，胖大漢再看白背心的臉的時候，卻見白背心正在仰面看他的胸脯；他慌忙低頭也看自己的胸脯時，只見兩乳之間的窪下的坑裡有一片汗，他於是用手掌拂去了這些汗。

然而形勢似乎總不甚太平了。抱著小孩的老媽子因爲在騷擾時四顧，沒有留意，頭上梳著的喜鵲尾巴似的「蘇州俏」便碰了站在旁邊的車夫的鼻樑。車夫一推，卻正推在孩子上；孩子就扭轉身去，向著圈外，嚷著要回去了。

老媽子先也略略一蹌踉，但便即站定，旋轉孩子來使他正對白背心，一手指點著，說道：「啊，啊，看呀！多麼好看哪！」

空隙間忽而探進一個戴硬草帽的學生模樣的頭來，將一粒瓜子之類似的東西放在嘴裡，下顎向上一磕，咬開，退出去了。這地方就補上了一個滿頭油汗而粘著灰土的橢圓臉。

挾洋傘的長子也已經生氣，斜下了一邊的肩膊，皺眉疾視著肩後的死鱸魚。大約從這麼大的大嘴裡呼出來的熱氣，原也不易招架的，而況又在盛夏。禿頭正仰視那電桿上釘著的紅牌上的四個白字，彷彿很覺得有趣。胖大漢和巡警都斜了眼研究著老媽子的鉤刀般的鞋尖。

「好！」什麼地方忽有幾個人同聲喝采。都知道該有什麼事情起來了，一切頭便全數回轉去。連巡警和他牽著的犯人也都有些搖動了。

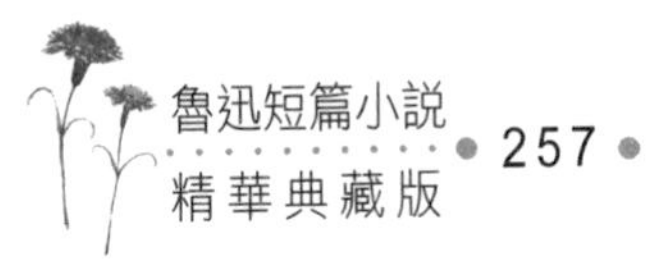

「剛出屜的包子咧！荷啊，熱的……」

路對面是胖孩子歪著頭，磕睡似的長呼；路上是車夫們默默地前奔，似乎想趕緊逃出頭上的烈日。大家都幾乎失望了，幸而放出眼光去四處搜索，終於在相距十多家的路上，發見了一輛洋車停放著，一個車夫正在爬起來。

圓陣立刻散開，都錯錯落落地走過去。胖大漢走不到一半，就歇在路邊的槐樹下；長子比禿頭和橢圓臉走得快，接近了。車上的坐客依然坐著，車夫已經完全爬起，但還在摩自己的膝髁。周圍有五六個人笑嘻嘻地看他們。

「成嗎？」車夫要來拉車時，坐客便問。

他只點點頭，拉了車就走；大家就惘惘然目送他。起先還知道哪一輛是曾經跌倒的車，後來被別的車一混，分不清了。

馬路上就很清閒，有幾隻狗伸出了舌頭喘氣；胖大漢就在槐蔭下看那

很快地一起一落的狗肚皮。

老媽子抱了孩子從屋簷蔭下踅過去了。胖孩子歪著頭，擠細了眼睛，拖長聲音，磕睡地叫喊：「熱的包子咧！荷啊！……剛出屜的……」

一九二五年三月十八日

【附　錄】

希望

倘使我還得偷生在不明不暗的這
「虛妄」中，
我就還要尋求那逝去的悲涼飄渺的青春，
因為身外的青春倘一消滅，
我身中的遲暮也即凋零了。

我的心分外地寂寞。

然而我的心很平安：沒有愛憎，沒有哀樂，也沒有顏色和聲音。

我大概老了。我的頭髮已經蒼白，不是很明白的事麼？我的手顫抖著，不是很明白的事麼？那麼，我的靈魂的手一定也顫抖著，頭髮也一定蒼白了。

然而這是許多年前的事了。

這以前，我的心也曾充滿過血腥的歌聲：血和鐵，火燄和毒，恢復和報讎。而忽而這些都空虛了，但有時故意地塡以沒奈何的自欺的希望。希望，希望，用這希望的盾，抗拒那空虛中的暗夜的襲來，雖然盾後面也依然是空虛中的暗夜。然而就是如此，陸續地耗盡了我的青春。

我早先豈不知我的青春已經逝去了？但以爲身外的青春固在：星，月光，僵墜的胡蝶，暗中的花，貓頭鷹的不祥之言，杜鵑的啼血，笑的渺茫，愛的翔舞……

雖然是悲涼飄渺的青春罷，然而究竟是青春。

然而現在何以如此寂寞？難道連身外的青春也都逝去，世上的青年也多衰老了麼？

我只得由我來肉薄這空虛中的暗夜了。我放下了希望之盾，我聽到Petőfi S?ndor（1823—49）的〈希望之歌〉：

希望是什麼？是娼妓：
她對誰都蠱惑，將一切都獻給；
待你犧牲了極多的寶貝——
你的青春——她就棄掉你。

這偉大的抒情詩人，匈牙利的愛國者，為了祖國而死在哥薩克兵的矛尖上，已經七十五年了。悲哉死也，然而更可悲的是他的詩至今沒有死。

但是，可慘的人生！桀驁英勇如Petőfi，也終於對了暗夜止步，回顧著茫茫的東方了。他說：

絕望之爲虛妄，正與希望相同。

倘使我還得偷生在不明不暗的這「虛妄」中，我就還要尋求那逝去的悲涼飄渺的青春，但不妨在我的身外。因爲身外的青春倘一消滅，我身中的遲暮也即凋零了。

然而現在沒有星和月光，沒有僵墜的胡蝶以至笑的渺茫，愛的翔舞。然而青年們很平安。

我只得由我來肉薄這空虛中的暗夜了，縱使尋不到身外的青春，也總得自己來一擲我身中的遲暮。但暗夜又在那裡呢？現在沒有星，沒有月光以至笑的渺茫和愛的翔舞；青年們很平安，而我的面前又竟至於並且沒有眞的暗夜。

絕望之爲虛妄，正與希望相同！

一九二五年一月一日

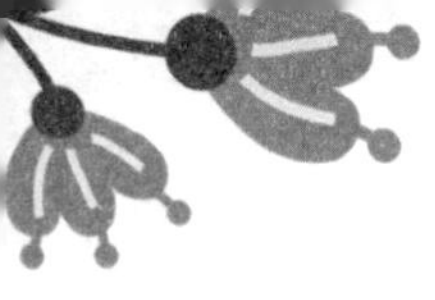

雪

暖國的雨，向來沒有變過冰冷的堅硬的燦爛的雪花。博識的人們覺得他單調，他自己也以為不幸否耶？

江南的雪，可是滋潤美艷之至了；那是還在隱約著的青春的消息，是極壯健的處子的皮膚。

雪野中有血紅的寶珠山茶，白中隱青的單瓣梅花，深黃的磬口的蠟梅花；雪下面還有冷綠的雜草。

胡蝶確乎沒有；蜜蜂是否來採山茶花和梅花的蜜，我可記不真切了。但我的眼前彷彿看見冬花開在雪野中，有許多蜜蜂們忙碌地飛著，也聽得他們嗡嗡地鬧著。

孩子們呵著凍得通紅，像紫芽薑一般的小手，七八個一齊來塑雪羅漢。因為不成功，誰的父親也來幫忙了。

羅漢就塑得比孩子們高得多，雖然不過是上小下大的一堆，終於分不清是壺盧還是羅漢，然而很潔白，很明艷，以自身的滋潤相黏結，整個地閃閃地生光。

孩子們用龍眼核給他做眼珠，又從誰的母親的脂粉奩中偷得胭脂來塗在嘴唇上。這回確是一個大阿羅漢了。他也就目光灼灼地嘴唇通紅地坐在雪地裡。

第二天還有幾個孩子來訪問他；對了他拍手，點頭，嘻笑。但他終於獨自坐著了。晴天又來消釋他的皮膚，寒夜又使他結一層冰，化作不透明的水晶模樣，連續的晴天又使他成爲不知道算什麼，而嘴上的胭脂也褪盡了。

但是，朔方的雪花在紛飛之後，卻永遠如粉，如沙，他們絕不黏連，撒在屋上，地上，枯草上，就是這樣。

屋上的雪是早已就有消化了的，因爲屋裡居人的火的溫熱。別的，在晴天之下，旋風忽來，便蓬勃地奮飛，在日光中燦燦地生光，如包藏火燄的大霧，旋轉而且升騰，瀰漫太空，使太空旋轉而且升騰地閃爍。

在無邊的曠野上，在凜冽的天宇下，閃閃地旋轉升騰著的是雨的精魂……

是的，那是孤獨的雪，是死掉的雨，是雨的精魂。

一九二五年一月十八日

好的故事

燈火漸漸地縮小了，在預告石油的已經不多；石油又不是老牌，早薰得燈罩很昏暗。鞭爆的繁響在四近，煙草的煙霧在身邊：是昏沉的夜。

我閉了眼睛，向後一仰，靠在椅背上；捏著《初學記》的手擱在膝髁上。

我在朦朧中，看見一個好的故事。

這故事很美麗，幽雅，有趣。許多美的人和美的事，錯綜起來像一天雲錦，而且萬顆奔星似的飛動著，同時又展開去，以至於無窮。

我彷彿記得曾坐小船經過山陰道，兩岸邊的烏桕、新禾、野花、雞、狗、叢樹和枯樹，茅屋、塔、伽藍，農夫和村婦、村女，曬著的衣裳、和尚、蓑笠、天、雲、竹……都倒影在澄碧的小河中，隨著每一打槳，各各夾帶了閃爍的日光，並水裡的萍藻游魚，一同蕩漾。

諸影諸物：無不解散，而且搖動，擴大，互相融和；剛一融和，卻又退縮，復近於原形。邊緣都參差如夏雲頭，鑲著日光，發出水銀色燄。凡是我所經過的河，都是如此。

現在我所見的故事也如此。水中的青天的底子，一切事物統在上面交錯，織成一篇，永是生動，永是展開，我看不見這一篇的結束。

河邊枯柳樹下的幾枝瘦削的一丈紅，該是村女種的罷。大紅花和斑紅花，都在水裡面浮動，忽而碎散，拉長了，縷縷的胭脂水，然而沒有暈。茅屋、狗、塔、村女、雲……也都浮動著。大紅花一朵朵全被拉長了，這時是潑辣奔迸的紅錦帶。帶織入狗中，狗織入白雲中，白雲織入村女中……在一瞬間，他們又將退縮了。但斑紅花影也已碎散，伸長，就要織進塔、村女、狗、茅屋、雲裡去。

現在我所見的故事清楚起來了，美麗，幽雅，有趣，而且光明。青天上面，有無數美的人和美的故事，我一一看見，一一知道。

我就要凝視他們……

我正要凝視他們時，驟然一驚，睜開眼，雲錦也已皺蹙，凌亂，彷彿

有誰擲一塊大石下河水中，水波陡然起立，將整篇的影子撕成片片了。我無意識地趕忙捏住幾乎墜地的《初學記》，眼前還賸著幾點虹霓色的碎影。

我眞愛這篇好的故事，趁碎影還在，我要追回他，完成他，留下他。我抛了書，欠身伸手去取筆——何嘗有一絲碎影，只見昏暗的燈光，我不在小船裡了。

但我總記得見過這一篇好的故事，在昏沉的夜……

一九二五年二月二十四日

中國版的《追憶似水年華》
呼蘭河傳
THE STORY OF HULAN RIVER
蕭紅 著
蕭紅，30年代中國文壇最負盛名、最活躍、最有才氣的女作家，
深受魯迅、茅盾等名作家賞識，讚譽她的作品寫出了窒息年代中人民對生的堅強與對死的掙扎，
《呼蘭河傳》以夢幻般的筆法勾畫了一個平靜而飽含幽怨的寂寞世界，
宛如掠過無聲黑夜的璀璨極光，堪稱是中國現代文學中永垂不朽的經典之作……

國家圖書館出版品預行編目資料

狂人日記／

魯迅著. 一第 1 版. 一：新北市, 前景

民 107.03 面； 公分. - （文學經典：05）

ISBN◉978-986-6536-63-2（平裝）

作　　者　魯　迅
社　　長　陳維都
藝術總監　黃聖文
編輯總監　王　凌
出 版 者　前景文化事業有限公司
行銷企劃　普天出版家族有限公司
新北市汐止區康寧街 169 巷 25 號 6 樓
TEL / (02) 26921935（代表號）
FAX / (02) 26959332
E-mail：popular.press@msa.hinet.net
http://www.popu.com.tw/
郵政劃撥 19091443 陳維都帳戶
總 經 銷　旭昇圖書有限公司
新北市中和區中山路二段 352 號 2F
TEL / (02) 22451480（代表號）
FAX / (02) 22451479
E-mail：s1686688@ms31.hinet.net
法律顧問　西華律師事務所・黃憲男律師
電腦排版　巨新電腦排版有限公司
印製裝訂　久裕印刷事業有限公司
出 版 日　2018（民 107）年 3 月第 1 版
ISBN◉978-986-6536-63-2　　條碼 9789866536632

文學經典

05

狂人日記

普 天 之 下 · 盡 是 好 書
普天出版家族
Popular Press Family
淩雲文創
A-Plus Creative Company